Eine Katze drei Hunde und der ganz normale Wahnsinn

Fünf
Kurzgeschichten

Angelika Stanke

Über die Autorin

Angelika Stanke wurde 1951 in Witzenhausen geboren, als Jüngste von drei Mädchen. Sie wuchs in Laudenbach am Fuße des Hohen Meißner auf. Ihre Liebe zum Schreiben wurde schon in jungen Jahren von ihrer Großmutter väterlicherseits liebevoll gefördert, blieb jedoch nach deren Tod noch viele Jahre unter Verschluss.

Nahezu ein halbes Jahrhundert sollte es dauern, bis sich endlich ein Weg aus ihren Gedanken zu dem geschriebenen Wort auf das weiße Papier bahnte.

Eine Katze, drei Hunde und der ganz normale Wahnsinn ist ihr zweites Buch.

Es beschreibt mitunter humorvoll, aber auch ernsthaft die Schatten und Sonnenseiten des Lebens.

Lassen sie sich nun in die Welt längst geschriebener und neuer Kurzgeschichten entführen, die bis dato ihr einsames Dasein in ihrem Computer fristeten.

Widmung

Dieses zweite Buch mit fünf Kurzgeschichten
möchte ich meinem Mann Kurt
sowie
meinem Sohn Michael
widmen.
Sie waren immer zur Stelle, wenn ich sie mal
brauchte.
Ich konnte mich in meinem Leben immer
felsenfest auf sie verlassen.
Das gab mir das Gefühl, dass ich ihnen
etwas bedeute.

2011 Stanke Autor
Herstellung und Verlag:
Books on Demand GmbH, Norderstedt
ISBN 978 3 8423 3092 4

Eine Katze, drei Hunde
und der ganz normale Wahnsinn

1. Kurzgeschichte

Hallo, ich bin eine rabenschwarze Katze und sehr vorwitzig und frech.

Bis jetzt war ich mit meinen Geschwistern und meiner Mutter zusammen, konnte mich immer, wenn ich Hunger hatte, an der Milchbar der Mutter bedienen,
zusammen mit meinen Geschwistern.

Das war so schön praktisch, und danach habe ich dann ein bisschen geschlafen oder meinen Bruder und meine drei Schwestern geärgert. Wir sind dann ganz toll herumgetollt, haben uns auch mal geneckt oder in den Schwanz gebissen.

Bei der Mutter haben wir das natürlich auch mal versucht, aber die hat uns dann nach einiger Zeit in die Schranken verwiesen.

Denn wir kleine Rasselbande mussten ja auch erzogen werden.

Wir waren für unser junges Alter schon ganz schön frech.

Mittlerweile waren wir sieben Wochen alt und sollten getrennt werden. Das fanden wir dann nicht so toll.

Aber unsere Mutter hatte inzwischen auch nicht mehr so viel Milch für uns alle, und wir konnten jetzt auch schon feste Nahrung zu uns nehmen.

Am Anfang war es Katzenfutter aus der Dose oder Trockenfutter. Wir waren vorerst nur Wohnungskatzen, ansonsten hätte uns unsere Mutter schon mit kleinen Fleischstückchen von der Maus oder anderen Kleintieren versorgt.

Also hieß es nun bald Abschied nehmen. Es wurden nun für uns alle neue Besitzer gesucht und auch bald gefunden .

Wir waren ja auch alle ganz süß. Jeder von uns war anders.

Es gab getigerte, eine rote war auch dabei und auch schwarzweiß war vertreten. Nur ich sah ganz anders aus; rabenschwarz getigert und total hübsch. Das fand zumindest mein neues Frauchen. Sie ist total auf mich abgefahren als sie mich zum ersten Mal zu Gesicht bekommen hat.

Schwarze Katzen haben ja keinen besonders hohen Stellenwert

bei den meisten Menschen.
Vor allem nicht bei denen, die besonders abergläubisch sind.

Mein Frauchen ließ sich von solchen Vorurteilen zum Glück
nicht beeindrucken.
Ich habe mich dann auch ganz lieb und vorbildlich benommen.
Sie hat mir vom ersten Augenblick an super gut gefallen. Die
hatte so eine schöne, sanfte Stimme, und streicheln konnte sie
auch ganz vorzüglich. Da ist mir gleich in den Sinn gekommen, die musst du dir warm halten, weil sie so besonders lieb
ist. Das war zumindest mein erster Eindruck von ihr. Ich hoffe,
dass ich damit nicht total falsch liege, sonst sieht meine Zukunft eher düster aus und ich habe ganz schlechte Karten.

Für ein paar Tage konnte ich noch bei meiner Mutter und meinen Geschwistern bleiben, wir hatten also eine kleine Galgen-
frist und konnten noch ein bisschen bei Muttern kuscheln.

Als dann mein neues Frauchen endlich alle Utensilien zusammen hatte, die man für so einen kleinen Stubentiger braucht,
konnte ich endlich meine sieben Sachen packen und in mein
neues Zuhause umziehen.
Bei meinem Einzug musste ja ein kuscheliges Körbchen, jede
Menge Spielzeug und gutes, leckeres Futter vorhanden sein.
Das ist das Mindeste, was man vom neuen Frauchen verlangen
kann. Und da bestehe ich auch drauf, da bin ich eigen!

Auf die vorhandene Katzentoilette aber hätte ich glatt verzichten können. Frauchens neue Wohnung war ja schön groß. Und
ich hatte eigentlich keinen Bock, die mit Katzenstreu ausgeleg-
te Toilette für mein Geschäftchen zu benutzen.
Aber leider bestand mein neues Frauchen doch darauf, sie
kannte kein Erbarmen. Sie setzte mich jedes Mal, wenn ich geschlafen oder gefressen hatte, in diese komische Kiste.

Es gab doch so viele Ecken in der schönen großen Wohnung, wo ich schnell mal mein Häufchen oder so hätte machen können.

Um Ruhe und Frieden zu haben und Harmonie, habe ich mich letztlich mit viel gutem Willen in mein Schicksal ergeben.

Aber so ist es nun mal im Leben. Kaum ist man von der Mutter weg, schon geht die Erzieherei von vorne los.

Und dabei sah das neue Frauchen doch so lieb aus, so als wenn sie kein Wässerchen trüben könnte. So kann man sich eben täuschen.

Also hieß es jetzt höllisch aufgepasst, damit mich das neue Frauchen nicht gleich wieder umtauscht, denn wer weiß, bei welchen Leuten ich dann landen würde. Es könnte ja durchaus sein, dass die total ungeeignet oder sogar böse sind und ich sie auch nicht besonders sympathisch finde.

Und sie hatte ja dann doch nach näherem Kennenlernen mehr gute als schlechte Seiten, ich musste halt nur gehorsam sein, und das fand ich nicht immer so prickelnd. Denn diese Eigenschaft war bei mir nicht besonders gut ausgeprägt. Vielleicht war das bei meinen Geschwistern besser, die hatte sie zum Glück nicht ausgewählt.

Es nervte mich tierisch, wenn sie mir alles, was ich machen sollte oder auch nicht, zwanzig-mal am Tag erzählte .

Ob sie gedacht hat, ich hätte schon Alzheimer? Dann wäre ich aber nicht mehr zu therapieren gewesen und hätte in Zukunft Narrenfreiheit gehabt.

Aber mit der Zeit waren wir ein super eingespieltes Team, ich machte Chaos in der Wohnung und sie räumte dann wieder auf. Das ging dann leider nur einige Zeit gut, bis ich dann mal wieder einen tierisch schlechten Tag bei ihr erwischt hatte, denn auch Frauchen hatte mal schlechte Laune.

Sie ging ja den ganzen Tag arbeiten und war danach dann auch geschafft und hatte keine Lust mehr, mein Durcheinander aufzuräumen, womit ich mir den ganzen langen einsamen Tag so viel Mühe gegeben hatte. Ich liebte es besonders, aus den vorhandenen Zeitschriften ganz viele kleine Puzzle-teile herzustellen.

Diese meine besondere Leidenschaft konnte mein Frauchen leider nicht mit mir teilen. Verstanden habe ich das nicht, es machte doch so viel Spaß. Sie war schon manchmal ein Spielverderber.

Aber auf die Katzentoilette ging ich nun ganz brav. Das war doch schon ein riesengroßer Fortschritt und Frauchen war deshalb auch ganz stolz auf mich und sagte zu mir: braves Kätzchen. So ein Aufstand, nur weil ich jetzt den Kasten mit dem weißen Inhalt benutzte! Kann ich irgendwie gar nicht verstehen, wenn ich mein Fressen brav aufgefressen habe, lobte sie mich auch nicht immer. Obwohl die Futterauswahl manchmal doch zu wünschen übrig ließ.

Sie gab mir auch manchmal Trockenfutter, und das war so staubtrocken, das musste man immer mit viel Wasser runter spülen, sonst blieb es im Hals stecken.
Nassfutter oder ein saftiger Braten wäre mir lieber gewesen.
Wenn ich mir besonders viel Mühe gebe, bringe ich ihr das auch noch bei, bin ja ein cleveres Katzenmädchen und Frauchen ist äußerst lernfähig, glaube ich.

Und als ein paar Wochen vergangen waren, haben wir uns richtig gut verstanden und ich hatte Frauchen richtig toll lieb und sie mich auch.
Wenn man so klug ist wie meine Wenigkeit merkt man das doch gleich. Ich bekam auch ganz viel Streicheleinheiten, wenn sie endlich mal zu Hause war. Und spielen konnte sie

auch ganz toll mit mir.

Ich fand sie richtig schnuckelig und zum Knutschen, aber irgendwie wollte sie das nicht, kann ich gar nicht verstehen.

Das ist doch meine Art, Zuneigung zu zeigen unter anderem.

Mein Frauchen war zu dieser Zeit noch jung, hatte ihre erste eigene Wohnung und sie war doch manchmal etwas chaotisch. So ließ sie meist den angefangenen Milchkaffee vom Frühstück einfach auf dem Tisch stehen und wenn er kalt war und sie ihn nicht mehr mochte, habe ich mich daraus bedient.

Ich brauchte schließlich auch am Morgen meinen Kaffee zum Wach werden.

Ich hatte ja schließlich auch eine anstrengende Nacht hinter mir.

Es war mir vergönnt, abends bei Frauchen in ihrem Bett an den Füßen zu schlafen. Sie schlief leider sehr unruhig, eine richtige Wemmelliese war sie. Jedesmal, wenn sie sich bewegt oder umgedreht hat, bin ich wieder aufgewacht.

Warum konnte die sich eigentlich nicht ins Bett legen und still liegen bleiben?

Sollte das so weitergehen, muss ich mir doch in Zukunft einen anderen Schlafplatz suchen. Ich muss ja morgens ausgeschlafen sein, sonst habe ich ganz schlechte Laune und kann gar nicht richtig denken. Und kann somit auch keine neuen Streiche aushecken, was so viel Spaß macht, bin ja noch klein und besonders spielsüchtig.

Mittlerweile sind wieder ein paar Wochen ins Land gegangen, bin nun schon etwas größer und wie ich meine, auch klüger geworden. Versuche nun, meinen Tag vernünftig zu planen und einzuteilen, wenn ich wieder mal allein zu Hause bin.

Ich setze mich dann meist ins Fenster, wenn ich fertig gefrühstückt habe, um dann das Leben draußen im angrenzenden

Garten zu beobachten. Da gibt es so viel Interessantes zu sehen und zu hören.
Obwohl auf den Lärm, den die vielen kleinen Spezies machen, die sich Hunde nennen, kann ich gut verzichten.

Das ist so eine besondere Rasse, klein, mit einem Schleifchen auf dem Wuschel-Kopf, damit sie überhaupt aus ihren mickrigen Augen die Welt betrachten können.

Dieser Rasse kann ich beim besten Willen nichts Positives abgewinnen.
So bellen sie immer ganz laut wenn sie mich entdecken. Dann bekomme ich richtig Angst und begebe mich erst mal in Sicherheit ins Wohnzimmer.
In dem Garten sind auch noch viele große und kleine Katzen, aber die machen nicht so einen Lärm, wenn sie mich sehen.
Wir Katzen sind eben doch besser erzogen, nicht wahr ?

Wenn Frauchen dann abends, nach unendlich langen acht Stunden, von der Arbeit nach Hause kommt, freue ich mich immer ganz tierisch. Es war schließlich ein langer Tag so allein, und jetzt möchte ich auch endlich ihre ganze Aufmerksamkeit haben.
Doch irgendwie ist sie nach der Arbeit immer ein bisschen zickig und will nicht so recht. Ich springe dann einfach auf ihren Rücken und kralle mich fest. Auf einmal wird sie lebendig und schreit los. Ich weiß gar nicht, was die hat, ist doch nur nett gemeint. Meine Art, ihr meine Zuneigung zu zeigen..
Leider hat sie dann hinterher viele Kratzer auf dem Rücken und sie sagt dann immer, das tut ihr sehr weh, ich habe davon nichts gemerkt. Sie soll sich nicht so anstellen. Ich bin schließlich noch jung und habe Pfeffer im Hintern, o ja, ich bin schon eine ganz wilde Hummel und zu allen möglichen Späßen aufgelegt.

Aber wenn Frauchen sich dann an ihren PC setzt und was schreiben will, spiele ich nicht mit.

Ich lege mich aus Protest einfach auf die Tastatur, die in der nun aufgezogenen Schublade ist, und aus ist es mit dem Schreiben oder anderen völlig unnützen Tätigkeiten. Diesmal habe ich gesiegt und Frauchen hat das Nachsehen.

Außerdem hat sie für heute genug gearbeitet.

«Freizeit heißt nun das Zauberwort.»
Ihre Berichtshefte kann sie schreiben, wenn ich müde bin.

Deshalb hat sie auch von mir, wie ich da so schön auf der Tastatur des Computers liege, ein klasse Foto gemacht für die Nachwelt.
Mensch da bin ich aber auch super getroffen! Bin schon ein besonders hübsches Exemplar, sagen die anderen Leute und lachen dann immer, weil das Foto angeblich so süß anzusehen ist.

Man die sollen bloß nicht so einen Aufstand darum machen! Ich wollte ja nur Frauchen von der Arbeit abhalten und das ist mir dann auch gelungen.
Bin schon ein kleiner Spitzbube und ganz schön pfiffig. So vergeht also Tag für Tag. Aber Frauchen musste nun auch noch für ein paar Tage verreisen. Wohin mit mir? Alleine lassen wollte sie mich nicht, es hätte mich dann ja auch einer füttern müssen. Und auf eine schmutzige Katzentoilette gehe ich auch nicht, schon aus Prinzip, denn da bin ich sehr eigen...

Und jetzt ging der Wahnsinn erst richtig los, denn ich sollte für ein paar Tage den Wohnort wechseln, was mir aber gar nicht behagte.

Aufgrund dessen, kam nun eine mir unbekannte Frau und sollte mich zu sich mitnehmen, um für ein paar Tage auf mich aufzupassen.

Na, das kann ja heiter werden. Doch nach näheren Betrachten stellte sich dann heraus, dass die Frau auch ganz nett war. Es war die Mutter von meinem Frauchen.

Aber mich anschließend gleich in einen Katzenkorb zu stecken und in ein mir unbekanntes Auto zu verfrachten, fand ich nicht so gut.

Ich machte dann während der Fahrt auch ganz viel Theater und miaute ganz laut .

Das neue Frauchen versuchte, mich mit sanfter Stimme zu beruhigen, aber ich ging aus Prinzip nicht darauf ein, die hatte mir doch gar nichts zu sagen, dachte ich.

Aber das stellte sich ganz schnell als Fehleinschätzung meinerseits heraus.

Die Ersatzmutter hatte ja immer schon als Kind mit Katzen gespielt und war doch schon erfahren, was die Handhabung und Erziehung von Katzen anbelangt.

Sie war zwar tierisch nett, aber ich glaube sie ist doch strenger als mein junges Frauchen. Das merkte ich gleich, als wir dort angekommen sind.

Sie hatte viel Nippes in der Wohnung herumstehen, was teils auch sehr wertvoll war. Nirgends dufte ich drauf springen, dauernd wurde ich ermahnt und ausgeschimpft. Mann war die streng! Ich will sofort wieder nach Hause. Doch mein junges Frauchen, war leider verreist, so ein Pech aber auch.

Es gab schon bessere Zeiten in meinem kurzen Leben.

Absoluter Gehorsam gehörten bestimmt nicht dazu.

Mein Ersatzfrauchen hatte auch überall schöne handgearbeitete Tischdecken liegen und es machte mir besonderen Spaß, mit meinen scharfen Krallen Fäden zu ziehen.

Jetzt war sie aber richtig sauer, und ich begab mich sicherheitshalber erst mal in das angrenzende Zimmer. Dort wurde ich auch immer hinein verfrachtet, wenn sie an die Arbeit musste.

Dort stand eine etwas ältere Couchgarnitur.

Die habe ich nach meinem Geschmack einfach etwas umgestaltet, indem ich daraus mit meinen Krallen ein neues Muster entworfen und ganz viele Fäden gezogen habe, obwohl ich ja eigentlich einen Kratzbaum für meine Krallen zum Wetzen hatte. Den fand ich aber langweilig.

Da mein Ersatzfrauchen gerne gestrickt hat, stand auch immer ein Korb mit Wolle in meinem Zimmer. Daraus habe ich mich auch mal eben bedient. Ich habe ihr die Wollknäuel wieder aufgewickelt und völlig durcheinander gebracht.

Leider hat ihr das auch nicht zugesagt. Ich konnte ihr aber auch nichts recht machen!

Also habe ich eines Tages einfach mal aus purer Langeweile den etwas aus der Mode gekommenen Kassettenrecorder angestellt. Ich bin einfach mit meinen Pfoten drauf gesprungen, habe dabei zufällig den richtigen Knopf getroffen und ihn angestellt. Die Bedienungsanleitung habe ich mir nicht erst durchgelesen. Es ist ja allgemein bekannt, das Tiere nicht lesen können. Aber die Musik war dann so laut, das man es schon im Treppenhaus hören konnte. Doch daran war ich nicht schuld, der Kassettenrecorder war ja schon so eingestellt und eine Kassette war auch schon eingelegt.

Die hat meinen feinen Geschmack jedoch nicht gerade getroffen, das war ja eine Beleidigung für meine Ohren!

Leider stand keine andere Kassette zu meiner Verfügung, und den Knopf zum Ausstellen habe ich in der Aufregung auch nicht mehr gefunden.

Als mein Ersatzfrauchen dann nach unendlich langen Stunden von der Arbeit heim kam, hat sie diesen Höllenlärm erst mal sofort abgestellt. Was für eine himmlische Ruhe war das auf einmal!
In diesem Moment, habe ich beschlossen, niemals in eine Disco zu gehen. Da ist die Musik auch so laut, denn die jungen Leute sind wohl allesamt schwerhörig. Das bin ich nicht und das ist auch gut so, somit brauche ich später mal kein Hörgerät zu tragen.

Irgendwann wurde ich von den ganzen Unsinn und dem Herumspringen doch sehr müde;
war ja auch ein anstrengender Tag für mich gewesen mit vielen neuen Eindrücken und aufregenden Abenteuern.

Als der Abend anbrach, bekam ich dann doch schreckliches Heimweh nach meinem Frauchen und fing an zu weinen.
Da nahm mich meine Pflegemutter auf den Arm und tröstete mich. Die konnte wirklich richtig toll streicheln, so schnell jedoch ließ ich mich nicht davon beeindrucken.

Anschließend wollte sie mich auch noch in ein Körbchen legen und im Bad einsperren. Da spielte ich nicht mit, denn jetzt kam ich in Hochform und habe mal so richtig das Bad auf- gemischt. Ich wollte ja zu ihr ins Bett, wie ich es von meinem Frauchen gewohnt war. Die Pflegemutter kann doch nicht einfach neue Sitten einführen!
Wo soll denn das noch hinführen?
Wenn das erst einreißt, muss ich vielleicht demnächst draußen in der dunklen Nacht mein Lager zum Schlafen herrichten!

Prrrrrr, da habe ich Angst und es ist kalt.
Also habe ich so richtig Terror gemacht, die vorhandene Toilettenrolle mal kurz aufgerollt und die im Regal liegenden Hand-

tücher und Waschlappen gleichmäßig im Bad verteilt Schließlich hat sie mich leicht genervt und ratlos zu sich ins Bett ge-
holt.
Damit hatte ich das erreicht, was ich wollte.
Dieser Punkt ging dann eindeutig an mich.

In dem Haus meiner Pflegemutter wohnte auch noch ein Hund,
der auf den schönen Namen Rex hörte, und der war ziemlich
Katzen feindlich.

Als ich bei meiner Ankunft mit der Pflegemutter das Treppenhaus durchquerte, hat er mich sofort laut angebellt und war
schrecklich böse.
Dem möchte ich nicht allein begegnen! Aber zum Glück wohnte er ja eine Etage unter der Wohnung in der ich mich ein- ge-
mietet hatte.
Als meine Ersatzfamilie und ich, denn dazu gehörte auch noch
ein Mann, uns dann nach ein paar Tagen so richtig gut angefreundet hatten, musste ich wieder in das verhasste Auto und in
den Katzenkorb, um nach Hause zu meinem Frauchen zu
fahren.
Ich wäre gern noch länger da geblieben, weil bei der Wohnung
auch ein Balkon war, und da konnte ich so schön herumtollen
und mir von der Sonne mein Fell wärmen lassen. Doch wie
heißt es so schön, wenn es am schönsten ist, dann soll man gehen...

Wieder zu Hause angekommen, wurde ich von meinem Frauchen stürmisch begrüßt. Aber ich war schon ein wenig nachtragend und ein-geschnappt, dass sie mich einfach so allein gelassen hatte, ohne das vorher mit mir abzusprechen. Ich bin auch
prompt wieder zu meiner Pflegemama gegangen, um ihr zu
zeigen, wo der Hammer hängt. Da wollen wir doch mal sehen,
wer hier gewinnt und den längeren Atem hat!

16

Doch leider war ich nach einiger Zeit wieder mit meinem Frauchen allein zu Haus, weil meine Ersatzmama nach ihrem eigenen Zuhause zurückgefahren ist. Und wenn ich erneut mit ihr schmusen wollte, musste ich klein beigeben. Das ist mir dann auch nicht sehr schwer gefallen ich mochte sie ja ganz besonders gern, denn sie war schon ein ganz lieber Schatz für mich.

Sie hat mir von ihrer Reise zur Belohnung auch ganz viele Leckerli mitgebracht.
Dabei weiß sie doch ganz genau dass ich immer auf meine Linie achten muss.
Ich will ja schließlich meine *Topmodel- Figur* behalten und nicht aufgehen wie ein Hefekloß.
Aufgrund dessen hat mir Frauchen erst mal erklärt, dass ich die Leckerli nicht auf einmal auffressen sondern für die ganze Woche einteilen sollte.
Na, habe ich gedacht, Frauchen kann ja doch logisch denken.
Sie weiß ja auch, dass ich ziemlich eitel bin, denn schließlich bin ich ein Mädchen.
Und bis jetzt sagen die Leute immer, die mein Frauchen besuchen, oh, ist die Kleine süß und knuffig. Doch spätestens wenn ich sie dann mal mit meinen scharfen Krallen bekannt gemacht habe, fanden sie mich nicht mehr so süß und vergrößern den Abstand zu mir ganz gewaltig.

Somit habe ich mir den nötigen Respekt verschafft und ohne Worte Klartext geredet, wie es meiner Person gebührt.
Glauben die etwa, ich lasse mich von jeder X-beliebigen Person anbaggern und streicheln, die mein Frauchen besuchen?
Dann sind sie eben auf dem Holzweg.
Mein Frauchen ist ein sehr geselliger Mensch und hat dementsprechend viel Besuch...

Es gingen dann einige Monate ins Land; ich war nun schon

ganz schön gewachsen und hatte mich richtig gut eingelebt bei Frauchen. **Ich war rundum zufrieden und glücklich mit meinem jetzigen Leben.**

Eines Tages bekam ich eine ganz schlechte Nachricht von Frauchen. Sie sagte, sie wollte umziehen in eine andere Stadt, ganz weit weg von meinem jetzigen Zuhause.
Und das Schlimmste kommt ja noch, denn dorthin konnte sie mich nicht mitnehmen, weil in der neuen Wohnung keine Katzen erlaubt waren.
Das machte mich sehr erschrocken und traurig. Wo sollte ich denn nun hin, vielleicht sogar ins Tierheim?

Da ich ja noch zu der Zeit ziemlich wild und ungestüm war, wollte mich auch keiner ihrer Freunde und Bekannten haben. Ich hatte ja meistens meine kratzbürstige Seite gezeigt. Als ich das gehört habe, war ich ziemlich geschockt und traurig, denn ich wollte mich doch gar nicht von Frauchen trennen und hätte alles dafür gegeben, für immer bei ihr zu bleiben.

Die wirklich allerletzte Möglichkeit war meine Pflegemama, bei der ich ja in den vergangenen Monaten immer geparkt wurde, wenn Frauchen nicht da war.
Die ich mittlerweile auch sehr lieb gewonnen hatte.
Leider wollte die auch nicht gleich anbeißen. Sie hatte wegen ihrer Tätigkeit im Geschäft auch sehr wenig Zeit, weil sie acht Stunden am Tag von zu Hause weg war.
Und dann wäre ich ja auch wieder den ganzen Tag allein gewesen, hätte wieder jede Menge Dummheiten anstellen können, so wie ich es immer bei ihr gemacht hatte.

Also hieß es jetzt Überzeugungsarbeit zu
leisten. Da ich aber leider ihre Sprache nicht sprechen konnte, musste ich mir was anderes einfallen lassen und zeigte mich

von meiner allerbesten Seite, der „ Schokoladenseite"
Ich war ganz lieb und habe geschmust und geschnurrt, was das
Zeug hält. Und dann nach einiger Zeit hatte ich sie endlich so-
weit überzeugt, mich zu adoptieren als ihr eigenes Kätzchen.
Was ein Glück, geschafft!
Mann, war ich erleichtert, dass ich doch nicht ins Tierheim umziehen musste!
Da wäre ich nur eine von vielen gewesen und vor lauter Trau-
rigkeit gestorben.
Also noch mal Glück im Unglück gehabt, denn der Abschied
von meinem ersten Frauchen fiel mir nicht leicht. Und ein wenig böse war ich ihr schon, dass sie sich einfach so verdrückt
hat in eine fremde Stadt.
Aber sie hat mir dann doch versprochen, mich des öfteren zu
besuchen, was sie dann auch tat.

Ich hatte mich aber in der Zwischenzeit so richtig gut bei meinem neuen Frauchen und Herrchen eingelebt.
So fand ich es ziemlich Schnuppe, dass sie vielleicht zweimal
im Jahr antanzte, um mich und ihre Eltern zu besuchen. Darauf
konnte ich dann auch verzichten!
Ich begrüßte sie dann auch sehr zurückhaltend, erst nach einiger Zeit taute ich wieder langsam auf. Wir Katzen sind ja bekannter Weise sehr nachtragende Tiere, und Strafe muss sein .
Und wenn ich sie dann ärgern wollte, setzte ich noch einen
drauf und habe mich demonstrativ bei meinem neuen Frauchen
auf den Schoß gesetzt, um die Wette geschnurrt und sie keines
Blickes gewürdigt.

Ich bin ja nur eine kleine hilflose Katze und konnte mich nicht
dagegen wehren, dass sie mich weggegeben hat.
Und nach ein paar Tagen ist sie dann auch schon wieder abge-
reist, „und Tschüss".

Irgendwann war dann der Tag gekommen, wo sich mein Körper verändert hat.

Jetzt hätte ich, da ich ja eine weibliche Katze bin, auch Nachwuchs bekommen können. Mit dem entsprechenden Kater dazu, ihr wisst schon...

Ich fing also an, die ganze Wohnung mit meinem Duft zu markieren, wie man das in dem Zustand so macht.

Davon war Frauchen aber überhaupt nicht begeistert, sie war stinksauer und hat mich ausgeschimpft.

Nachdem ich das so ein paar Tage gemacht habe, war sie schon einem Nervenzusammenbruch nahe und am Verzweifeln. Es war ihr völlig unbekannt, dass Katzen so etwas in der Wohnung machen.

Die Katzen aus ihrer Jugend hatten sich immer nur draußen, im Stall oder in der Scheune aufgehalten.

Was nun, jetzt war guter Rat teuer, es musste also ganz schnell eine gute Lösung her.

Also hat Frauchen ihre grauen Gehirnzellen aktiviert und einen Ausweg gefunden.

Obwohl sie mir in den vergangenen Tagen schon angedroht hatte mich raus zuschmeißen. Denn die Wohnung hat ganz schrecklich nach meinen Duftnoten gestunken, auch wenn mich das überhaupt nicht gestört hat.

Frauchen war fest entschlossen, das zu ändern und hat einen Tierarzt angerufen.

Der hat ihr dann erklärt, dass man das nur abstellen könnte, wenn man mich kastrieren würde.

O Gott, das war ja richtig drastisch, da musste mir der Bauch aufgeschnitten und alles entfernt werden, was dazu beitragen könnte, dass ich Nachwuchs bekomme.

Das fand sie dann doch sehr krass.

Aber ob und wie mir das gefallen würde, danach hat mich keiner gefragt.

Ich konnte später ja keine kleinen Kätzchen mehr bekommen, und Schmerzen waren das ja auch. Leider gab es keine andere Möglichkeit als diese besagte Operation.

Also wurde ich mal wieder in den Katzenkorb, der inzwischen ein ganz moderner war, verfrachtet und zum Tierarzt gefahren.

Ich wusste ja noch nicht wirklich, was mich da erwartete. Da waren im Warteraum auch etliche andere Tiere. Aber die waren meist ganz ruhig, da sie auch Angst hatten, die meisten waren ja nicht zum ersten Mal beim Tierarzt.

Als ich dann endlich, nach gefühlten zehn Stunden, an der Reihe war, hat mich mein Frauchen gleich der Sprechstundenhilfe in die Hand gedrückt mit der Begründung, sie wollte dabei nicht zusehen.

Gemein und feige, nicht war? Ich hätte bis zur Narkose ihre Anwesenheit schon gebrauchen können.

Als ich dann aber nach ein paar Stunden wieder aufgewacht bin, war sie wieder da und hat mich mit nach Hause genommen.

Ich war von der Narkose und den Schmerzmitteln noch etwas neben der Spur, habe also gar nicht so viel mitbekommen. Doch ich hatte es überstanden und war wieder zu Hause. Es ging mir dann bis zum nächsten Tag nicht so gut, aber wir Katzen sind zäh und rappeln uns schon wieder auf.

So war es auch, nach ein paar Tagen war ich wieder die Alte.

Nur dass ich jetzt einen kleinen Schönheitsfehler hatte, weil ich ja unterm Bauch eine kleine Narbe hatte. **Aber ein bisschen Schwund im Leben muss halt sein.**

Ja, jetzt zählte ich zu den erwachsenen Katzen, was mich jedoch nicht davon abhielt, weiterhin Blödsinn zu machen, wenn ich wieder mal alleine war. Ihre schicken Blumensträuße, die auf Tisch und Schrank standen, liebte ich besonders. Die dekorierte ich dann einfach ein wenig um. Das fand jedoch wieder mal ein jähes Ende, da sie mir ziemlich barsch erklärte, das ihr meine Art der Floristik nicht gefällt. Na ja, die hat eben null Geschmack und keinen Sinn für Schönheit. Und ich musste unbedingt etwas gegen die ewige Langeweile tun.

Da hatte mein Frauchen wieder mal eine geniale Idee, das fand sie zumindest.

Sie setzte sich also in ihren mini- kleinen grünen Flitzer, der sich gerade noch so Auto nennen durfte, weil er eigentlich nur 4 Räder hatte und ein Verdeck, damit man nicht nass wurde beim Regen. Kleiner Scherz, einen Motor hatte er natürlich auch und die anderen notwendigen

Kleinigkeiten, wie Kupplung, Bremse, Gaspedal, Lenkrad usw. und vier Sitze hatte er selbstverständlich auch.

Sie beschloss dann auf, direkten Weg zum nächsten Tierheim zu fahren. Dies befand sich am Rande der nächstgelegenen Kreisstadt. Es war sehr schön angelegt, inmitten von Bäumen, mit ganz viel Grünfläche und einem ziemlich hohen Zaun. Die Hunde hatten jeder seine eigene Box und auch genügend Auslauf, wenn sie wollten.

Als mein Frauchen nach einer schönen Fahrt durch das landschaftlich herrliche Werratal dort angekommen war, ließ sie sich von der Tierheimbesitzerin in das angrenzende Katzenhaus führen, um sich die dort untergebrachten Katzen mal anzusehen. Sie hatte ja vorher den Beschluss gefasst,

für ihre Katze Sorry eine Spielkameradin mitzubringen. Nach intensiver Betrachtung der Katzen kam sie zu dem Entschluss, doch keine davon mit nach Hause zu nehmen.

Die waren alle schon sehr viel älter als ich und auch größer. Gegen die hätte ich mich nicht durchsetzen können. Was ein Glück für mich.
Obwohl sie ja beschlossen hatte,
mir eine Katze gegen meine ewige Langeweile mitzubringen.
Was für eine Schnapsidee!
Ich hätte es ihr schon ausgeredet, falls sie mich nach meiner Meinung gefragt hätte.
Hat sie aber nicht, schade eigentlich, meine eigene Meinung gilt hier wohl überhaupt nicht, das ist Katzendiskriminierung!
Sonst wäre sie nie auf die Idee gekommen, die
Pflegerin zu fragen, ob sie auch kleine Hunde im Tierheim hätten.

Was für eine Katastrophe für mich, dann hätte ich schon lieber mit einer Katze Vorlieb genommen!
Und zu meinem Unglück gab es auch noch einen Hund mittlerer Größe, weil mein Frauchen nur einen kleinen Wohnungshund haben wollte und keinen, der im Zwinger sein Dasein fristen musste.
Mir jedoch wäre das mit dem Zwinger viel lieber gewesen, dann hätte ich ihn nicht so viel sehen müssen. Mit Hunden jeglicher Art und Größe konnte ich mich nicht besonders anfreunden. Ihr wisst ja von meinen schlechten Erfahrungen bei meinem ersten Frauchen, die kleinen Bestien, die mich immer so angebellt haben.

Die Betreuerin im Tierheim führte Frauchen zu einem Hund in einem kleinen Verschlag. Sie war erst mal total geschockt, dass der so allein in dem dunklen Verschlag eingesperrt war. Das hatte aber einen triftigen Grund, weil er einige Wochen zuvor mit seinem kleinen Welpen im Tierheim abgegeben worden war.
Die Hündin mit Namen Ballina war noch nicht kastriert und

musste deshalb getrennt von den Rüden gehalten werden.

Sie stammte aus Italien und ist von Tierschützern aufgegriffen und zu einem Ehepaar nach Deutschland vermittelt worden.
Flugpaten haben sie und ihren kleinen Welpen dann im Flugzeug mitgenommen
und am Flughafen an die neuen Besitzer weitergegeben.
Leider sind die aber nicht mit den beiden Hunden zurechtgekommen.
Ballina hatte zu lange auf der Straße gelebt und kannte keinerlei Regeln und Verbote.
Die neuen Besitzer hatten sich nicht die Mühe gemacht, ein wenig mehr auf Mutter und Kind einzugehen.

Das war sehr traurig für die beiden, sie waren so lieb und anhänglich. Sie mussten also ins nächste Tierheim. Dort ist dann der kleine Welpe auch ganz schnell vermittelt worden, denn der konnte noch leichter erzogen werden, nur die Mutter wollte keiner haben.

Die war dann sehr traurig, weil sie nun ganz alleine war. Sie hat immer gejammert und die Tierpflegerin hat mit ihr immer ganz weite Spaziergänge gemacht, um sie ein wenig abzulenken.

Aus diesem Grund hat sie auch meinem Frauchen gleich die Ballina gezeigt, in der Hoffnung, das sie vermittelt würde. Frauchen hat sich hingehockt, dann hat die Pflegerin den Verschlag aufgemacht und die Ballina ist sofort zu meinem Frauchen gelaufen, hat sich auf ihre Knie gestellt und sie abgeleckt. Da war es um mein Frauchen geschehen und sie hat den Hund für eine Woche auf Probe mit nach Hause genommen. Sie war erst mal vorsichtig, es hätte ja auch sein können, das sich die Hündin mit Katzen überhaupt nicht vertragen würde. Ich kleine süße Katze hätte dann das Nachsehen gehabt.

Und da Frauchen besonders tierlieb ist, wollte sie mir das nicht antun.

„ Liebes Frauchen"!

Als sie dann das Tierheim verlassen wollte um mit der Hündin an der Leine zu ihrem Auto gehen wollte, hat sich Ballina gleich aus ihrer Leine befreit und ist zur Straße gelaufen.

Nach dem ersten Schreck ist Frauchen hinterher und hat sie wieder eingefangen. Da war sie aber erleichtert, als sie die Hündin endlich ins Auto verfrachtet hatte!

Sie hat die Hündin dann auf den Beifahrersitz gesetzt und vorsichtshalber mit der Leine an der Tür festgebunden, damit

sie bei der Fahrt keinen Blödsinn machte.

Doch als Frauchen, den Motor gestartet hat um endlich los zu fahren, hat die Ballina ihre Pfote bei Frauchen auf den Arm gelegt. So als wenn sie sagen wollte; mit mir hast du die richtige Wahl getroffen, nimm mich mit und behalte mich für alle Ewigkeiten. Ich werde es dir danken..

Zu Hause angekommen, habe ich erst mal den Schock meines jungen Lebens bekommen, wie sie da mit dem Hund auf dem Arm ins Zimmer getreten ist.

Was sollte denn das plötzlich, wofür hat sie den Hund mitgebracht?

Ich habe doch schreckliche Angst vor Hunden, und das wusste sie doch auch!

Und Herrchen setze dann auch noch einen drauf, als er den Hund gesehen hat. Er sagte mit ziemlich bissiger und zynischer Stimme gleich zu ihr,

„Morgen kaufe ich mir einen Elefanten!"

Gut, dass ich den Satz nicht begriffen habe, sonst wäre es mit

meiner Fassung total vorbei gewesen.
Die Hündin hat dann auch gleich vor Aufregung auf den Teppich gepullert.

Igitt, ist die denn noch nicht stubenrein, habe ich so gedacht.
Und als sich die Ballina mal ein wenig in der Wohnung hat umsehen dürfen, hat sie mich entdeckt und mich auch gleich angebellt.
Aber Frauchen hat ihr dann auch ein paarmal gesagt, dass sie still sein soll. Irgendwann hat sie mich dann für diesen Tag in Ruhe gelassen. Ich habe mich aber doch vorsichtshalber in Sicherheit begeben und bin nur noch an der Wand entlang geschlichen.

Am Abend wollte sie zum Schlafen die Hündin ins Bad sperren, doch das wollte Ballina nicht, weil sie so einen großen Freiheitsdrang hatte. Sie ist in ihrem Leben
selten eingesperrt gewesen, außer der Zeit im Tierheim. Sie hat aus lauter Panik, von der Badtür ein Stück abgebissen.
Hat die denn gar kein Benehmen, so wie ich
   <<Muster von Katze?>>
Da war mein Frauchen schon ein wenig sauer.

Langsam kamen Frauchen auch Zweifel, ob das mit der Hündin eine so gute Idee war.
Das hätte ich ihr gleich sagen können.
Ich war jedenfalls nicht begeistert und habe Luftsprünge gemacht, weil ich darüber so glücklich war..
Erstens verstand ich die Hundesprache nicht, und zweitens müsste ich dann die Liebe von Frauchen auch noch teilen.

Und bei den Streicheleinheiten würde ich auch zu kurz kommen.
Das waren ja für die Zukunft tolle Aussichten und ich machte

mir schon etwas Sorgen, ob mich Frauchen dann noch genauso lieb haben würde wie vorher.

«Bevor der Störenfried in mein Leben getreten ist.»

Nach einer Probewoche mit der Hündin Ballina, die sich in der Zwischenzeit zu meinem eigenen Bedauern von ihrer besten Seite gezeigt hat, ist es leider doch zur schrecklichen Gewissheit geworden; die Hündin wird in unsere Familie aufgenommen.
Frauchen und Herrchen haben sich nach einigen heißen Diskussionen gemeinsam dazu entschlossen.
Obwohl Herrchen genau wie ich der Meinung war, dass wir getrost, auf den Familienzuwachs hätten verzichten können.

Und Gassi gehen musste man auch dauernd mit ihm, alles unnütze Zeitverschwendung, die für meine Streicheleinheiten fehlten.
Aber mein Frauchen hat sich wie immer durchgesetzt, die Ballina ist auch ein ganz liebenswertes Tier, wenn man sie näher kennen gelernt hat.
Das musste sogar ich zähneknirschend zugeben.

Sie wurde also nochmal in das besagte grüne Miniauto gebracht, um dann mit Frauchen in rasanter Fahrt zum Tierheim zurück zu fahren. Das Auto hatte ja schließlich satte 42 PS und fuhr Spitzengeschwindigkeit, auf ebener Straße 130 kmh. Es fuhr auch manchmal schneller, nur dann konnte es sein, dass es sich vom Boden abhob, um in die lauen Lüfte zu schweben.
Und das Fliegen gehörte nicht gerade zu Frauchens Lieblings-Hobbys.

Also ließ sie es lieber sein. Im Tierheim, wo die Ballina vorher untergebracht war, mussten noch die Formalitäten erledigt werden bezüglich des Tierschutzvertrages.

Darin stand, das man sich als neuer Besitzer verpflichten muss, das Tier artgerecht zu halten und unterzubringen.
Diesbezüglich, hatte ich bei meinem Frauchen gar keine Bedenken.
Mich versorgte sie ja auch sehr gut, obgleich sie nicht immer das machte, was ich gerade wollte. Aber so sind Frauen nun mal, äußerst stur und dickköpfig.

Als die ganzen Formalitäten im Tierheim erledigt waren, fuhren die beiden wieder in Richtung Heimat. Vorher jedoch besorgten sie noch eine neue Hundeleine, in knalligem Rot. Hundefutter, Leckerli und Spielzeug wurden auch gleich mitgebracht.

Und was ein Wunder, mich kleine unscheinbare schwarze Katze hatten sie auch nicht vergessen. Ich bekam auch Futter, Leckerlis und auch eine Kleinigkeit zum Spielen. Wieder zu Hause angekommen, wurde der Name des Hundes
„ Ballina" in „Merry"umgeändert, da sich mein Frauchen partout nicht mit dem ersten Namen anfreunden konnte.
Weil der Hund vorher noch nie in seinem Leben, einen Namen besessen hatte, hörte er auch darauf noch nicht.

Den Namen haben ihr erst die Leute vom Tierschutz in Italien gegeben, damit sie einen Impfpass
und die damit nötigen Untersuchungen und Schutzimpfungen bekommen konnte.
Sonst hätte sie nicht aus dem Land ausreisen dürfen, das waren die Bedingungen, die man erfüllen musste.
Das muss so sein, damit nicht ansteckende Krankheiten eingeschleppt werden.
Unter anderem hätte sie mich als Katze dann auch mit irgendwelchen Krankheiten anstecken können, und das wäre schlimm gewesen.

Sie lebte ja vorher nur auf der Straße, hat noch nie ein Zuhause für längere Zeit besessen und musste sich an alles Neue noch gewöhnen.
Eine Erziehung war bei ihr auch dringend erforderlich.
Das ist jedenfalls meine Meinung, doch mich fragt ja wieder mal keiner...

Da, wie schon erwähnt, noch ein Hund Namens Rex in dem Haus lebte, der den Eltern von Frauchen gehörte und eine Etage unter uns Zuhause war, blieb es nicht aus, dass Frauchen, wenn sie mit Merry Gassi ging, auch den Rex mitnehmen musste.

Die Eltern von meinem Frauchen waren schon alt und krank und nicht mehr so gut zu Fuß. Ich dagegen brauchte nicht drei mal am Tag ausgeführt zu werden, ich benutzte ja für mein Geschäftchen meine im Haus aufgestellte Katzentoilette.

Nach einiger Zeit aber kam Frauchen auf die geniale Idee, mich auch mit nach draußen zu nehmen.
Ich bekam auch eine neue blaue Katzenleine gekauft und umgeschnallt und dann sollte es los gehen.
Aber da hatte sie sich getäuscht, wenn sie glaubte, ich ließe mich so einfach an die Leine legen. Ich wehrte mich mit Händen und Füßen, ich kratze, biss und fauchte, was das Zeug hält.
Das Geld für die Katzenleine hätte sie sich sparen können.
Leider hat sie mich doch nach einiger Zeit überlistet, auch wenn sie aus dem Kampf mit einigen Blessuren hervorgegangen ist.

Eins zu Null für sie....

Da ich ja jetzt erst mal schlechte Karten hatte, musste ich mich fügen und mit nach draußen gehen.
Ich fand das nicht so prickelnd, ich kannte diese Welt ja nur vom Balkon, und da war ich geschützt und da konnte mir

29

nichts passieren.

Da waren auf einmal ganz viele Autos, Motorräder oder gar riesengroße Landmaschinen, und die vielen fremden Menschen machten mir auch ganz toll Angst. Frauchen hingegen war wild entschlossen, mich der feindlichen Welt zu präsentieren. Sie nahm keinerlei Rücksicht auf meine Gefühle der Angst.
Falls ich eine Buxe getragen hätte, wäre die bestimmt voll gewesen.

So kroch ich dann auf allen vier Pfoten den Bürgersteig entlang.
Statt wie es sich für eine mutige und stolze Katze gehört, mich aufrechten Ganges fort zu bewegen.
Nach einigen bangen Minuten, die mir wie eine Ewigkeit erschienen, nahm mich Frauchen erst mal wieder auf den Arm, um mir ein wenig die Angst zu nehmen.
Und nach einigen stressigen Tagen und etlichen Übungsstunden schaffte ich es doch noch, mich der feindlichen
Welt da draußen zu stellen, ohne gleich in Ohnmacht zu fallen.

Auf Grund dessen wurde mir auch nach ein paar Tagen die lästige Leine abgenommen und ich konnte allein auf Entdeckungstour gehen.
Ich hielt mich aber vorsichtshalber immer noch in der Nähe des Grundstücks oder im angrenzenden Garten auf.

Eines Tages nahm ich all meinen Mut zusammen und bin mit Frauchen zusammen und den zwei Hunden, Merry und Rex, Gassi gegangen.
Ich habe aber in Zukunft vorsichtshalber immer genügend Abstand zu Rex gehalten, dem traute ich noch nicht so richtig.
Rex war mittlerweile schon etwas älter und zugänglicher ge-

worden und ließ mich draußen in Ruhe. „Aber Leider nur draußen!"
Im Haus dagegen musste ich mich immer noch an der Wohnungstür vorbei schleichen. Obwohl er kaum noch hören konnte, aufgrund seines hohen Alters, mich hat er immer gehört, oder gerochen, ich konnte noch so schnell und leise sein.
Als ich nämlich mal den Versuch unternommen habe, vom Freisitz der unteren Wohnung durch die offene Tür nach oben in die andere Wohnung zu gelangen, hätte bald mein letztes Stündlein geschlagen.

Er ist sofort zum Angriff übergegangen, doch zum Glück war ich jünger und schneller. Also habe ich diese Abkürzung in der nächsten Zeit lieber gemieden.

Trotz allen ließ ich es mir in Zukunft nicht nehmen, die Hunde beim Ausführen zu begleiten, das war ich Frauchen schuldig.
Sie brauchte ja meine ganze Unterstützung dabei, um sie vor anderen Hunden und Katzen zu beschützen.
Ha, jetzt bin ich ganz schön eingebildet und einen Ticken zu selbstbewusst.
In der Zwischenzeit war ich auch schon viel freier und mutiger geworden, weil ich auch schon mit einem Kater aus der Nachbarschaft einige Kämpfe ausgefochten hatte.
Ich musste ja schließlich mein Revier verteidigen, doch leider ging ich daraus nicht immer als Sieger hervor.
Einmal hat mir der besagte Kater
vom Nachbarn ins Ohr gebissen, und nun besaß ich einen kleinen Schönheitsfehler.

Das hat vielleicht geblutet, dass ich schon den Krankenwagen bestellen wollte, um in die Notaufnahme der Tierklinik zu fahren.
Leider hatte mir niemand vorher mal gezeigt, wie man dieses

blöde Handy bedient.
Tiere haben eben keine eigene Lobby wie die Menschen.
Schade eigentlich..

Der Kater hat mir einfach ein Stück vom Ohr geklaut und ich muss nun für mein ganzes Leben mit einem Schlitz im Ohr umher laufen. So eine Frechheit, den werde ich nicht mehr beachten in meinem Leben!
Es war für mich nun nicht mehr möglich,
auf Ausstellungen zu gehen, wie ich es ursprünglich geplant hatte.

Der doofe Kater hat mir meine ganze Zukunft verbaut, das werde ich ihm bei passender Gelegenheit heimzahlen. Dazu kam es leider nicht mehr. Zu unser aller Bedauern ist er ein halbes Jahr später in die ewigen Jagdgründe gegangen, aus Altersgründen. Er war schon stolze 18 Jahre alt.

Es waren auch noch andere Katzen in unserem Revier und ich musste noch einige Kämpfe ausfechten, um anerkannt und beachtet zu werden.

Ein bisschen Übung fehlt mir allerdings noch dazu, die werde ich mir schon noch aneignen.
Da fange ich am besten erst mal bei den jungen Katzen an, die im Moment ihre ersten Erkundungstouren machen. Die sind jetzt fällig.
Ist zwar etwas unfair, doch die müssen es ja auch lernen.

Zuerst allerdings musste ich noch lernen, wie man Mäuse oder Vögel fängt. Man sagt zwar, die Katzen können das instinktiv, doch ich musste das erst noch üben und meinen Stil verfeinern. Ich hatte ja mein bisheriges Leben im Haus verbracht und hatte noch nie eine Maus zu Gesicht bekommen.

Und mein Frauchen konnte es mir auch nicht beibringen, dazu war sie völlig ungeeignet.

Vögel dagegen habe ich schon des öfteren vom Balkon aus betrachtet, doch die waren laut Frauchen aus meiner Speisekarte zu streichen. Deshalb hat sie mir auch ein Halsband um den Hals gelegt, das mit einem Glöckchen versehen war.

Damit die Vögel durch das Bimmeln vor mir gewarnt wurden.

Mich machte jedoch diese Bimmelei total ramdösig, war nicht auszuhalten.

Ich fand es wiederum nicht so gut, dass sie mir die Vögel damit vergrault hat.

Man muss schließlich alles im Leben mal ausprobieren und vor allem kosten, wie es schmeckt.

Meine innere Stimme hat mir nämlich leise zugeflüstert, dass Vögel ein ganz besonderer Leckerbissen sind.

Nur als ich beim nächsten Raubzug tatsächlich mal einen erwischte, störten mich die vielen Federn doch gewaltig.

Es blieb nicht mehr viel zum Fressen übrig, wenn die gerupft waren.

Frauchen durfte mich allerdings beim Vögel jagen nicht erwischen, sonst hätte ich für den Tag wieder Stubenarrest bekommen und das wäre blöd gewesen, wo ich doch jetzt so gerne raus in die freie Natur gehe.

Mit den schönen, saftigen, grünen Wiesen, den vielen herrlichen bunten Blumen und vor allem, den Mäusen die man darin jagen konnte.

„Das heißt, wenn man es dann konnte."

Da ich aber ein cleveres Kätzchen bin und von Natur aus mit einer Engelsgeduld ausgestattet bin, hatte ich auch bald die ersten Erfolge zu verbuchen.

Die Merry hat sich mittlerweile auch ganz gut bei uns eingelebt und ist glücklich und zufrieden.

Das eine aber, was mich an ihr mächtig stört, ist, dass sie sich immer wieder an meinem Katzenfutter vergreift. Und wenn ich dann drauf bestehe, es selbst zu fressen, knurrt sie mich an und frisst es ratzeputz auf, da bleibt kein Krümel für mich übrig.
Und ich muss dann den ganzen Tag am Hungertuch nagen.
Frauchen darf das allerdings nicht sehen, denn sie stellt Merry ja auch ihr eigenes Futter hin. Doch die ist tierisch verfressen und kann nie genug bekommen.

Diese schlechte Eigenart hat sie noch vom Leben auf der Straße, da musste sie täglich ums eigene Überleben kämpfen.

Sollte das in Zukunft so weiter gehen, sehe ich schwarz für ihre Figur. Man kann sie ja jetzt schon den Berg runter rollen, und ihre ehemals schlanke Taille ist eh schon Geschichte.
Doch Merry stört das nicht im geringsten, sie ist nicht eitel, so wie ich .

Aus Rache habe ich mich letztens auf ihr Kissen, das auf dem Wohnzimmerteppich platziert ist, gelegt, das Frauchen extra für sie gekauft hat und welches Merry heiß und innig liebt.
Doch Strafe muss sein, ich kann mir ja nicht alles gefallen lassen.
Leider fiel deren Reaktion anders aus, als ich mir erhofft hatte, sie hat sich einfach auf den Teppich vor das Kissen gelegt und so getan, als ob es sie nicht interessierte.
Der Punkt ging an sie, sie hätte mich auch verjagen können.

Ist schon in meinen Augen eine dusselige Kuh, ich hätte mir das nicht bieten lassen. Doch die Merry ist einfach zu gutmütig für diese Welt, eine ganz liebe und gutmütige Hündin und sehr

dankbar, das sie bei uns leben darf.
Nach längerer Betrachtung bin ich sogar zu der Erkenntnis gelangt, dass die Merry ein ganz liebenswertes Tier ist und ich noch mal Schwein gehabt habe, denn es hätte ja auch anders sein können, und dann wäre der tägliche Stress vorprogrammiert gewesen.
Doch das Zusammenleben mit ihr gestaltete sich doch sehr harmonisch für alle Familienmitglieder.

Nur hat sie so ein paar komische Eigenarten an sich.

Wenn sie zum Beispiel um Futter bei Frauchen bettelt, das macht sie auch außerhalb der Fressenszeiten.
Dann tut sie immer ganz albern, indem sie mit der Pfote die Augen zuhält und dann als Krönung auch noch kleine Luftsprünge macht.
Ich kann dieser blöden Eigenart nichts Positives abgewinnen und finde es nur total albern, sich so zum Affen zu machen.
Das hat sie bestimmt auch auf der Straße gelernt, wo sie bisher gelebt hat.
Frauchen jedoch ist anscheinend total davon entzückt und lacht dann immer herzlich.
Mich kann Merry mit ihrem Gehabe nicht begeistern. Ich bin eben eine stolze Katze und habe es nicht nötig, um Futter zu betteln, ich kann mich zur Not selbst versorgen und mir Mäuse fangen.

Das wiederum kann Merry nicht.

Aber letztens wollte sie mir doch wahrhaftig eine abjagen, die ich gefangen hatte.
Das habe ich mir allerdings nicht bieten lassen, das wäre ja noch schöner, wenn ein Hund mir die Beute abjagt. Soll sich doch selbst was fangen; dazu ist er dann doch zu langsam und

behäbig. Ätsch!

Unser Frauchen fährt, auch gern Fahrrad und hat sie sich einen Anhänger dafür gekauft. Der sollte dafür dienen, bei ihren Ausflügen die Merry mitzunehmen.
Der Anhänger wurde mit einem superweichen Kissen und einem kleinen bunten Sonnenschirm ausgestattet, der eigentlich für einen Kinderwagen gedacht war.
Es wurde sich für die erste Ausfahrt gerüstet.

Merry wurde anschließend in den Anhänger gesetzt und festgebunden, damit sie während der Fahrt nicht ausbüchste.
Zum Schluss wurde auch noch der kleine bunte Sonnenschirm aufgespannt, damit Merry keinen Sonnenstich bekommen konnte.

Ich persönlich glaube jedoch, dass sie schon einen kleinen Stich hat, sonst hätte sie diesen Blödsinn bestimmt nicht, ohne zu murren, mitgemacht.
Ich konnte der Sache leider nichts Positives abgewinnen, mich hat ja auch keiner gefragt, ob ich vielleicht auch Interesse habe.

Ich hätte eh nein gesagt. Für so einen Unsinn lasse ich mich nicht begeistern und anbinden lasse ich mich schon mal gar nicht, bei meinem angeborenen Freiheitsdrang. *Punkt!*
Leider passierte dann eines Tages etwas Fürchterliches. Ich wurde ganz unfreiwillig festgehalten. Ich war mal wieder ziemlich stürmisch in der Wohnung unterwegs, da geschah das Unheil.

Frauchen hatte in der Küche so einen klebrigen Fliegenfänger an die Decke gehängt und ich war mal wieder verbotener Weise auf den Küchentisch gesprungen, direkt in den besagten Fliegenfänger.

Das hat vielleicht geklebt, denn da war Honig dran! **Ich habe gezappelt, was das Zeug hält.**
Leider habe ich es doch aus eigener Kraft geschafft, mich loszureißen.
Erst als Frauchen in die Küche kam, mich so da hängen sah und in schallendes Gelächter ausbrach.
Als sie sich dann aber, nachdem sie sich wieder beruhigt hatte, doch entschloss, mir zu helfen, konnte ich wieder Hoffnung schöpfen, jemals wieder davon los zu kommen.
Ich bin schließlich keine stink- normale Fliege.
Nach gefühlten drei Stunden haben wir es endlich geschafft, mich vom Fliegenfänger zu befreien. Ich sah danach aus wie ein begossener Pudel, an einigen Stellen war mein Fell raus gerissen und ich klebte überall.
Frauchen beschloss daher, mich erst mal abzuwaschen, doch das war zu viel für mich.
Frauchen war danach genauso nass wie ich.
Igitt die weiß doch ganz genau, dass ich absolut wasserscheu bin.
Diesen entsetzlichen Chaos- Tag werde ich aus dem Kalender streichen.
Das war mir eine Lehre, und ich werde in Zukunft die Fliegen vom Boden aus fangen. An denen ist sowieso nichts dran, da frisst man sich ja hungrig, und gewürzt waren die auch nicht.
Ich bin ja Feinschmecker und sehr wählerisch, was die Speisefolge angeht.

So verging die Zeit und es wurde mal wieder Winter und die Zeit, sich vom anstrengenden Jahr zu erholen. Die Mäuse machten ihren Winterschlaf und die meisten Vögel waren gen Süden geflogen, weil es ihnen hier zu kalt war.
Sie fanden hier auch nicht genügend Futter, um den Winter zu überstehen. Und die paar Vögel, die hier geblieben sind, waren nicht der Rede wert. Es bestand also nicht die Möglichkeit,

mich draußen selbst zu versorgen. Außerdem war es meistens Schweine kalt und nass, und nur raus zu gehen, um sich die Füße zu vertreten, hatte ich keine große Lust.

Da blieb ich lieber im warmen Zimmer am bollernden Ofen und ruhte mich aus.

Der Winter gehörte nun mal nicht zu meinen Lieblings- Jahreszeiten. Der war mir einfach zu nass und ungemütlich. Wenn es schneite, machte Merry auch gleich wieder auf dem Absatz kehrt, doch Frauchen bestand leider darauf, mit ihr und Rex Gassi zu gehen.

Und zu allen Übel musste ich auch noch mit raus gehen, um mein Geschäft zu machen. Hatte die etwa die vorhandene Katzentoilette vergessen?

Wieder in der Wohnung angekommen,

legten wir uns ganz schnell auf unseren Lieblingsplatz.

Merry auf ihr Kissen und ich in den Sessel oder auf die Fensterbank.

Ich war da nicht so wählerisch, ich hätte auch einen kleinen Karton genommen.

Wie heißt es so schön? **„Platz ist in der kleinsten Hütte."**

Es hätte alles so weitergehen können, doch wie das Leben so spielt, leider wurde die Merry nach einiger Zeit sehr krank und verstarb nach einigen Wochen, was für uns alle sehr schmerzlich war.

Da waren wir alle ganz traurig, besonders Frauchen, sie sagte dann auch, dass kein Hund mehr angeschafft würde.

Da war ja noch der Rex und der war mit seinen zwanzig Jahren auch schon sehr betagt und ist im darauf folgenden Winter leider ebenfalls verstorben.

Nun war meine Zeit gekommen und ich war wieder die Nummer eins im Haus und konnte meine Streiche alleine machen.

Leider hielt dieser Zustand nicht lange an, weil Frauchen und Herrchen sich dann doch entschlossen haben, sich nach einem geeigneten Hundewelpen umzusehen. Er sollte diesmal nicht aus dem Tierheim sein, sondern von einem Züchter. Das konnte ja heiter für mich werden, denn dann war es aus mit der Ruhe und Beschaulichkeit!

Es wurden also die hiesigen Zeitungen nach einem geeigneten Welpen durchsucht. Und sie sind zu meinem Leidwesen auch sehr schnell fündig geworden.

‹‹‹Doch das ist eine andere Geschichte›››

Fortsetzung folgt sogleich!

Hallo ich bin ein kleiner Dackel, und heiße Juhlchen

2. Kurzgeschichte

Als ich an einem eiskalten Wintertag im Januar 2004 das Licht der Welt erblickte, war ich ganz winzig klein.

Ich hatte noch drei kleine Geschwister, mit denen ich mir die Muttermilch teilen musste. Das war vielleicht immer ein Gedrängel und Gerangel, um an den besten Platz zu gelangen! Ein kleiner Spitzbube, wie ich es von Anfang an war, ließ sich jedoch durch nichts und niemand aufhalten.

Man musste die Rangordnung vom ersten Tag seiner Geburt an festlegen, sonst war der Zug abgefahren und man hatte schlechte Karten.

Am Anfang nach unserer Geburt waren wir leider noch nicht in der der Lage, unsere Umwelt mit offenen Augen zu betrachten. Die ersten Tage waren unsere Augen noch geschlossen. Trotz alledem fanden wir die Milchbar der Mutter ganz instinktiv, das war uns von Anfang an in die Wiege gelegt worden. Ansonsten wären wir ja alle jämmerlich verhungert und verdurstet.

Nach etwa sieben Wochen, die wir in völliger Harmonie mit unserer Mutter und den Geschwistern zusammen verbracht haben, fing für uns kleine Rasselbande der Ernst des Lebens an. Wo wir doch so eine super tolle Zeit zusammen hatten!

Wir konnten zusammen spielen, uns necken und zum Schlafen dicht aneinander kuscheln.

Und das sollte nun ganz plötzlich ein jähes Ende finden, nur weil unsere Besitzer die total hirnrissige Idee hatten, uns an andere Leute zu vermitteln. Es wurde eine Annonce in die Zeitung gesetzt, und wir wurden wie auf dem jährlich stattfindenden Viehmarkt angepriesen.

<<< Junge, bildschöne Dackelwelpen zu verkaufen, sieben Wochen alt, entwurmt und geimpft. Stück 250€ >>>

Es hätte nur noch gefehlt, dass sie geschrieben hätten: „Stubenrein gut erzogen."

Soweit waren wir noch lange nicht....

Wenn ich Mitspracherecht hätte, dann würde ich mir das neue Herrchen oder Frauchen selbst aussuchen. Aber eigentlich will ich hier gar nicht weg. Doch mich fragt ja keiner...

Und die Leute wissen anscheinend überhaupt nicht, dass ich von reinrassiger Abstammung bin. Mein Vater war schließlich beim hiesigen Förster als Jagdhund angestellt, und meine Mutter war auch nicht von schlechten Eltern und kam aus guten Hause. Das wollte ich nur mal so nebenbei erwähnt haben, ohne gleich als eingebildet zu gelten.

Heute war der schicksalhafte Tag und die neuen Interessenten trafen bei uns ein. Das war sehr aufregend für uns, wir wussten noch nicht, was uns in Zukunft erwarten würde. Bis zu diesem schicksalhaften Tag hat uns ja unsere Hundemama beschützt.

Vor dem Haus hielt ein Auto und es klingelte an der Haustür. Neugierig, wie wir alle waren, stürmten wir zur Tür. Da standen ein fremder Mann und seine Frau. Ich schaute sie mir ganz genau an. Sollten sie mir nicht gefallen, werde ich mich in die kleinste Ecke des Zimmers verkrümeln und mich mucksmäuschen still verhalten.

Sie waren wider Erwarten doch sehr nett und spielten gleich ein wenig mit mir und meinen Geschwistern. Da fiel mir schon ein großer Stein vom Herzen, es war eher schon ein Felsbrocken.

Leider war dann der Augenblick gekommen, wo sie sich für einen von uns entscheiden mussten.

Meinen einzigen Bruder wollten unsere Besitzer selber behalten, aus Zuchtzwecken, versteht sich. Der schied schon mal aus bei der Suche. Jetzt blieben nur noch wir drei hübschen Mädchen zur Auswahl übrig.

Ach, ja ehe ich es vergesse, eine von meinen Schwestern war auch schon ausgesucht und verkauft.

Es blieben nur noch wir zwei süßen, kleinen bedauernswerten Geschöpfe, die man auswählen konnte.

Wir wurden von unserer ersten Hundemama in die Hand genommen und vorgezeigt.

„Entweder traf es meine Schwester oder mich."

Aber wie das Leben eben manchmal so spielt, ich wurde ausgewählt.

Ich fand die Entscheidung eigentlich auch ganz gut, die netten Leute waren schon erfahrene Hundebesitzer und mir auch sehr sympathisch. Ich zeigte mich deshalb auch von meiner besten Seite.

„Meiner Schokoladenseite" !

Ich war jedoch auf der Hut, man weiß ja nie, wie sich so eine Beziehung entwickelt. Höllisch aufpassen war angesagt, damit sich alles zu meinem Vorteil entwickelt. Ich war zwar noch sehr klein, aber nicht auf den Kopf gefallen...

Die Entscheidung war schnell gefällt und es wurde mir als kleine Wegzehrung noch etwas Trockenfutter eingepackt.

Ein allerletztes Mal wurde ich von meiner richtigen Mama abgeleckt. Ich nahm auch vorsichtshalber noch einen Schluck Muttermilch mit auf den Weg. Wer weiß, wann es mal wieder was zu Futtern gibt.

Mein erstes Frauchen knuddelte mich noch mal ausgiebig zum Abschied.

Darauf hätte ich in diesem Moment allerdings verzichten können. Ich war auf sie stinksauer, weil sie mich verkauft hat. Für die paar läppischen Kröten! Und die Kullertränchen, die sie beim Abschied vergossen hat, konnte sie sich auch ersparen. Mich haben die nicht mehr berührt, was denkt die sich eigentlich...

Danach wurde ich geschnappt und in ein mir unbekanntes silberfarbenes Auto gebracht und wir fuhren los, in mein neues Zuhause.

Für die schöne Landschaft und den von der Mittagssonne

durchfluteten Wintertag hatte ich keinen Blick übrig, das war mir schurz-pieb egal. Ich hatte im Moment andere Sorgen, nämlich wie ich diese verfahrene Situation zu meinen Gunsten verbessern konnte.

Leider hatte ich im Moment noch nicht den genialen Einfall, der das ändern könnte. So ein kleiner Dackelwelpe hat noch nicht so ein Superhirn wie die großen Hunde, die schon viel Lebenserfahrung vorweisen können.

Die Hoffnung nie aufgeben, war meine Devise, und türmen konnte ich später immer noch, wenn sich meine Statur um das Doppelte vergrößert hat. Dieser Gedanke spendete mir Trost und Zuversicht.

Auf der Heimfahrt hatte dann mein neues Frauchen alle Hände voll zu tun, um mich festzuhalten.

Ich wollte mich schon im Auto selbstständig machen und alles erkunden.

Zu meinem Bedauern wurde ich festgehalten und ausgebremst.

Also fügte ich mich vorsichtshalber erst mal und kuschelte mich bei meinen neuen Frauchen auf den Schoß, um mich ein wenig bei ihr einzukratzen.

Als wir nach etwa einer Stunde Fahrt in meinem neuen Zuhause ankamen, schaute ich mich ganz genau um. Neugierig, wie ich nun mal war, lief ich in jede Ecke des Zimmers, dabei verlor ich vor lauter Aufregung auch mal ein paar Tröpfchen.

Mein neues Frauchen hatte aber anscheinend einen Reinlichkeitsfimmel. Sie war dauernd mit einem Küchentuch in der Hand hinter mir und wischte auf.

Die soll sich nicht so penibel anstellen, ist doch nicht so schlimm! Bei meinem ersten Frauchen durfte ich auch einfach in die Wohnung pullern.

Die war an den Stellen, wo wir uns aufhalten durften, allerdings mit Zeitungspapier ausgelegt.

Wo war das hier eigentlich? Man kann doch nicht einfach alles,

was ich bisher gelernt hatte, ignorieren oder gar verändern.
Mir schwante nichts Gutes...

Und ich hatte recht. Zu meinem Entsetzen stellte ich fest, dass
ich nicht das einzige Tier in dem Haushalt war. Eine kleine
Spinne und zwei Fliegen, die ich entdeckt hatte, zählten nicht.
Die konnte man später, wenn ich größer wäre, auf meine Speisekarte setzen.

Und was sehen meine weit aufgerissenen Augen da plötzlich?
Ein mir bisher unbekanntes Wesen machte sich auch in der
Wohnung von meinem neuen Frauchen breit.
Die Konkurrenz war rabenschwarz und hatte grüne stechende
Augen.
Ich wusste auch sofort, dass ich, als Hund, sie nicht unbedingt
zu meinen Lieblingstieren zu zählen hatte.
**Das spürte ich sofort, das hatte nichts mit Sympathie
oder ähnlichen Sachen zu tun. „Reine Gefühlssache!"**
Sie, es war eine Katze, schaute mich auch aus ihren schönen
grünen Augen argwöhnisch an. Sie war anscheinend von mei-
ner Anwesenheit auch nicht gerade besonders angetan. Sie ging
sofort in Abwehrstellung und machte einen Katzenbuckel.

Ich ließ mich davon aber nicht beeindrucken. Ich hatte also
Konkurrenz, da musste ich höllisch aufpassen, dass ich von
Anfang an die erste Geige spielte.
Wir wollen doch mal sehen, wie sich in Zukunft die Sache mit
der Katze entwickelt. Ich bin ja schließlich ein Hund und kann
auch mal zubeißen, wenn ich älter bin.

Im Augenblick musste ich mich erst einmal mit der Katze, deren Name Sorry ist, vertragen. Das fiel mir dann auch nicht besonders schwer, die Sorry war plötzlich ganz nett zu mir, wenn
sie mich auch etwas eifersüchtig betrachtete.

Ja Leute, so war der erste Tag in meinem neuen Zuhause. Es war alles ganz aufregend und neu für mich gewesen.

Doch das dicke Ende kam dann noch.
Ich wurde urplötzlich geschnappt, nachdem ich aus lauter Müdigkeit ein kleines Nickerchen gemacht hatte. Ich durfte gerade noch den letzten Brocken von meinem Futter runter schlucken, den ich mir noch kurz genehmigt hatte.
Nun wurde ich eiligen Fußes von Frauchen aus der Wohnung, die Treppe runter, schnell die schwere Haustür aufgemacht und fix auf die angrenzende Wiese gebracht.
Ich konnte gar nicht begreifen, warum sie, wie von einer Tarantel gestochen, mit mir aus dem Haus gelaufen ist.

Wollte mein neues Frauchen mich etwa gleich wieder aussetzen und loswerden? Da fände ich ziemlich gemein, wo ich mich doch so vorbildlich verhalten habe, sogar der Katze gegenüber.

Und schon wurde ich in den kalten Schnee gesetzt. Vor Aufregung habe ich gleich gepullert und mein längst fälliges Häufchen auch gleich mit erledigt. Frauchen nahm mich plötzlich, nachdem ich fertig war, freudestrahlend hoch, knuddelte und lobte mich und steckte mich vor Kälte zitterndes Etwas in ihre warme Windjacke.

Ich wusste gar nicht wie mir geschah, nur das Eine hatte ich begriffen; Wenn ich ganz schnell mein Geschäftchen draußen mache, werde ich wieder hochgenommen.
Es war schließlich Winter und es war Schweine kalt. Anschließend gingen wir wieder in die warme Wohnung und ich konnte wieder mit meinen Leuten und dem neuen Spielzeug spielen. Frauchen hatte bestimmt nur die Absicht, mich wieder ein bisschen milde zu stimmen, ich wusste mit dem Spielzeug eh noch

nichts Richtiges anzufangen. Nur eine gelbe Plastikente mit einem super langen Enten-Hals hatte ich zu meinem Lieblingsspielzeug auserkoren, die liebte ich heiß und innig und schüttelte sie, was das Zeug hält.

Es machte mir unbändigen Spaß, dort hinein zu beißen. Das war einige Zeit später, als ich schon länger bei ihnen wohnte. Das quietschte immer so schön laut und Frauchen hielt sich nach einiger Zeit genervt die Ohren zu. Wenn es ihr dann endlich langte, nahm sie mir die Ente weg. Es dauerte allerdings geraume Zeit, bis ich mich endlich kampflos geschlagen gab und die Ente herausrückte.
Weil ich nicht gerade zärtlich mit der Ente umgesprungen bin, hatte ich in Zukunft einen enormen „Entenverschleiß" zu verbuchen. Frauchen musste immer wieder Nachschub besorgen, bis eines Tages keine mehr zu bekommen war. Sie waren total ausverkauft..

Aus lauter Verzweiflung brachte sie mir ein rosa Schweinchen mit. So ein hässliches Vieh und dann noch rosa, diese Farbe konnte ich von Anfang an nicht ausstehen.
Weil das rosane Schwein so gar nicht meinen Vorstellungen von einem Lieblingsspielzeug entsprach, habe ich mir zuallererst mal dessen Innenleben angeschaut.
Frauchen fand das gar nicht so lustig, schließlich hatte das Schweinchen knappe fünf Euro gekostet, genau wie vorher die Enten.

Ich wurde dann auch kräftig ausgeschimpft, und das kaputte rosa Schweinchen wurde in den Mülleimer entsorgt.

„ Spielverderber."
Ich hätte es noch weiter in ganz viele kleine Puzzleteilchen zerlegt....

Und nun wurde die Spielstunde als beendet erklärt. Diese Ereignisse haben stattgefunden, als ich schon geraume Zeit bei meinen neuen Leuten wohnte.

Im Moment allerdings sind wir noch beim ersten Tag...

Es war gerade mal eine gute halbe Stunde vergangen, schätzungsweise, ich habe ja noch kein richtiges Zeitgefühl, da ging die Sache mit dem Rausgehen von vorne los. Bei dem Gedanken an die Eiseskälte da unten habe ich am ganzen Körper gezittert. So wurde ich wieder mal von Frauchen bis hinunter zu der besagten Wiese in die Windjacke gesteckt, damit es nicht so kalt wurde für mich. Ich besaß nur ein kurzes Fell und das wärmte nicht besonders. Trotzdem wurde ich wieder mal in den kalten Schnee gesetzt, den ich vorher in meinem kurzen Hundeleben nicht gesehen hatte.

So habe ich mir ein gemütliches Zuhaue nicht vorgestellt, wenn ich dauernd in die Kälte muss....

Nasses und kaltes Wetter mochte ich von Anfang an nicht, da konnte ich völlig drauf verzichten, da war ich eigen. Trotz heftigen Protests meinerseits ich wurde ja nicht nach meiner eigenen Meinung gefragt, die galt in dieser Wohngemeinschaft für Hund und Katze nur bedingt.

So als wenn wir Tiere kein eigenes Mitspracherecht hätten!

Daran werde ich noch feilen, das verspreche ich hoch und heilig schon der armen Sorry zuliebe. Die kann sich anscheinend auch nach sechs Jahren, die sie bei der Familie lebt," nicht durchsetzen." Diese dusselige Kuh aber auch.

Nach einiger Zeit wurden die Abstände zum Glück immer größer, weil ich gelernt hatte, nicht mehr in die Wohnung, sondern nur noch auf der Wiese meine großen und kleinen Geschäfte zu erledigen. Bin eben ein cleveres Dackelmädchen.

Findet ihr nicht auch?
Da ich von niemand eine Antwort auf meine zuletzt gestellte
Frage bekommen habe, nehme ich an, das ich mit meiner Ver-
mutung richtig liege....

Der Tag nahm auch mal ein Ende, und ich wurde im Wohnzimmer in den mit bunten Kissen ausgelegten Hundekorb gelegt.
Den hatte ich von meiner Vorgängerin, der Merry geerbt, die
leider kurz vorher verstorben war. Dieser sollte auch als mein
Nachtlager dienen.
Da habe ich aber nicht mitgespielt und gestreikt. Bis zu diesem Tag hatte ich ja bei meiner Hundemama angekuschelt mit
meinen Geschwistern geschlafen. Das war so schön kuschelig
und warm und man fühlte sich behütet und geborgen.

Mein neues Frauchen, das im übrigen Evelin hieß, und mein
Herrchen Hansi machten mir mein Körbchen als Nachtlager
zurecht. Es wurde eine schöne warme Decke hineingelegt und,
wie sollte es auch anders sein, meine Ente. Sie knuddelten
mich nochmal herzlich und dann war für mich Schlafenszeit
angesagt. Herrchen ging ins angrenzende Schlafzimmer, um
sich zur Ruhe zu begeben, er musste schon sehr früh morgens
aufstehen, um zur Arbeit zu fahren.

Frauchen selbst machte es sich auf dem Sofa oberhalb meines
Körbchens bequem, damit ich nicht so alleine war. Das grelle
Licht der Deckenlampe wurde ausgelöscht und es blieb nur
noch die Beleuchtung der Stehlampe an.
Ich dachte aber nicht im Traum daran, in dem Körbchen lie-
genzubleiben und stand immer wieder auf, bockig wie ich nun
mal war.
Und plötzlich bekam ich auch noch Heimweh nach meiner
Hundemama und meinen Geschwistern.
Ich fing an zu wimmern. Da nahm mich die Evelin hoch und

versuchte mich zu trösten. Das war so schön und ich beruhigte mich auch sogleich. Nach einem Weilchen, setzte sie mich wieder in das von mir verhasste Körbchen. Da spielte ich nicht mit, stand auf und machte mich immer wieder selbstständig und bin im Wohnzimmer auf Wanderschaft gegangen. Frauchen stand immer wieder, inzwischen schon leicht genervt, auf, um mich ins Körbchen zurück zu bringen.

Das ging dann drei lange Nächte so, bis sie, total geschafft und übernächtigt, eine, wie sie glaubte, zündende Idee hatte.

Die Idee war dann wie folgt; Evelin schnappte sich ihre Handtasche und die Geldbörse, ging nach unten in die Garage, setzte sich in ihren grünen Fiat und fuhr los.

Sie war auf intensiver Suche nach einem Secondhandshop, der ein Kinderreisebett im Sortiment hatte. Erst fuhr sie nach Eschwege, leider war da keins vorhanden. Anschließend fuhr sie nach Großalmerode. Und, was für eine Freude, die hatten eins auf Lager. Günstig war das gerade nicht zu haben. Es war ein Markenbett mit guter Matratze, und das hatte seinen Preis. Egal, dachte Evelin, das ist mir die Sache wert, wenn dadurch endlich wieder Ruhe zu Hause einkehrt.

Eine schöne Steppdecke erwarb sie auch noch, zum Zudecken oder Hinein kuscheln.

Sie war stolz wie Oskar und machte sich mit ihrer neuen Errungenschaft auf den Heimweg, weil sie immerhin dreißig Kilometer von ihrem Heimatort entfernt war. Zuhause angekommen, wurde das Bett auch gleich aufgestellt und eingerichtet.

Sie vererbte mir drei von ihren heißgeliebten Teddy´s, die sie vor Jahren mal gesammelt hatte. Darauf konnte ich mir etwas einbilden, die haben noch nicht mal ihre inzwischen großen Enkel bekommen, da war sie eigen. Und mich konnte das auch nicht sonderlich beeindrucken, die waren mir in diesem Augenblick total schnuppe.

Endlich war der Abend angebrochen und Frauchen machte sich im Bad für die Nacht fertig. Sie wollte endlich mal wieder ins ihr eigenes Bett im Schlafzimmer, um mal wieder einen geruhsamen Schlaf zu finden. Ich schaute mir die Sache etwas argwöhnisch an. Ich ahnte, dass da was auf mich zukam, was nicht gut war.

Sie nahm mich plötzlich und unerwartet hoch und legte mich in das Bett. Ich war erst mal völlig sprachlos, damit hatte ich auf keinen Fall gerechnet. Jetzt war guter Rat teuer und ich musste erst mal nachdenken, was ich mit dieser verfahrenen Situation anfange.

Ich beschloss also, wieder mal Theater zu machen, denn mein zu Herzen gehender Dackelblick hatte bei Frauchen dieses Mal total seine Wirkung verfehlt. Frauchen knipste das Licht aus und verließ mit ziemlicher Wut im Bauch das Wohnzimmer.

Ohne zu vergessen die Türen zuzuknallen. Nun war ihre Geduld am Ende...

Ich überlegte kurz und setze meinen Protest fort, so leicht gebe ich mich nicht geschlagen. Ich bin schließlich ein sturer Dackel. Wir wollen doch mal sehen, wer hier den längeren Atem hat.

Vom Wohnzimmer bis ins Schafzimmer war kein großer räumlicher Abstand. Deshalb war mein Geheule immer noch ganz gut zu hören. Das war auch meine Absicht, obwohl ich mittlerweile nach zwei Stunden schon etwas kurzatmig geworden war.

Aber da musste ich nun durch, wenn ich mein Ziel, zu Evelin oder Hansi ins Bett zu kommen erreichen wollte.

Endlich hat sich mein Frauchen erweichen lassen. Sie kam ins Wohnzimmer zurück, ihr bitterböser Blick besagte allerdings nichts Gutes. Ich verdrückte mich vorsichtshalber in die hinterste Ecke des Bettes. Mit einem nicht gerade zärtlichen Ruck griff sie sich das Reisebett und zerrte es ins Schlafzimmer. Ich bin vor Schreck auch gleich umgekippt und auf die Nase gefallen. Zum Glück war es ja alles weich und so habe ich mir nicht wehgetan.

Ich wurde samt Bett neben das Nachtlager von Frauchen gestellt, und dann hat sie mich lautstark angebrüllt.

<<<Und jetzt ist Ruhe>>>

Puh, die hat mir doch gar nichts zu sagen, dachte ich. Vorsichtshalber habe ich erst mal abgewartet, bevor ich einen neuen Versuch wagte zu protestieren.

Dann kam plötzlich ihre Hand an mein Bett und hat daran gekrault. Mann habe ich mich da erschrocken!

Ich bin in der Nacht auch irgendwann aus lauter Erschöpfung eingeschlafen. War wohl auch besser so, sie war schon so sauer, dass sie mich umtauschen wollte gegen einen größeren Hund, der schon erzogen war. Da musste ich wohl klein beigeben.

Dieser Punkt, ging dann eindeutig auf ihr Konto....

Mittags, wenn ich draußen mit Rex und Sorry meinen Spaziergang auf dem nahegelegenen Feldweg absolviert hatte; **Ihr wisst schon, zum Geschäftchen machen,"** legte sie mich wieder in das Reisebett. Nun sollte ich den, wie sie meinte, fälligen Mittagsschlaf machen. Das passte mir gar nicht. Letztlich nutzte mir das nicht viel. Frauchen ging ins Bad, warf sich in Schale, schminkte sich die Lippen rot und verschwand aus der Wohnung.

Da konnte ich plärren, wie ich wollte, es hörte mich eh keiner. Also haute ich mich ein wenig auf's Ohr, damit ich nachher wieder gut in Form war, falls sie wiederkommt. Ein bisschen Muffe hatte ich schon...

Nach etwa einer Stunde kam sie zu meiner Erleichterung mit vollen Einkaufstaschen zurück. Da ich zu dieser Zeit aber noch ruhig war, hat sie mich auch gleich hochgenommen und liebkost. Ich durfte, nachdem ich kurz zum Pullern unten war, auch gleich mal die vollen Taschen inspizieren. Es könnte ja sein, das da ein Leckerli drin versteckt ist. Und wahrhaftig, nach gründlicher Suche wurde ich fündig. Leider war die Verpackung noch zu, ich habe sie auch mit meinen kleinen Zähnchen nicht auf bekommen. Da griff Frauchen beherzt zu und hat die Packung geöffnet und mir den eigentlich noch zu großen Knochen gegeben.
Ich hatte große Mühe, den Knochen in Sicherheit zu bringen, schließlich war Sorry, unser Stubentiger, auch noch da. Und man weiß ja nie, ob die auch an meinem Knochen interessiert ist. „An der Auswahl der Leckerlis muss Frauchen unbedingt noch etwas feilen!"
So vergingen die Tage, und der Winter lag in den letzten Zügen. Ich musste trotzdem noch morgens in den Schnee zum,

« Nah ihr wisst schon, was ich meine.»»

Danach durfte ich wieder in die warme Wohnung. Es war erst sieben Uhr morgens, und wir beide waren noch sehr müde. Danach legten wir uns noch ein wenig in den weißen Fernsehsessel, der im Wohnzimmer stand.
Ich durfte dann bei Frauchen auf dem Bauch weiterschlafen, zugedeckt mit einer warmen kuscheligen Decke, versteht sich. Das fand ich super toll und bin auch selig eingeschlafen und habe geschnarcht, was das Zeug hält.

Nach einer Stunde gab es dann das verdiente Frühstück. Bei

mir wurde leckeres Hundefutter in meinen Napf gefüllt und Frauchen kochte sich Kaffee und aß Brötchen mit leckerer selbst gekochter Erdbeermarmelade. Nachdem wir damit fertig waren, habe ich ein bißchen gespielt und Frauchen vom Saubermachen abgehalten. Meiner Meinung nach tat das eh nicht nötig, diese ewige Putzerei, und den blöden Staubsauger konnte ich überhaupt nicht ausstehen. Der machte immer so einen Höllenlärm. Mal sehen, ob ich da das Kabel mal ein bisschen anknabbern kann...

Es schien ein sehr schönes und erfülltes Hundeleben zu werden. Doch leider wurde ich dann doch ab und zu in meine Grenzen gewiesen, wenn ich mal wieder zu übermütig wurde. Jetzt begann für mich der eigentliche Ärger, ich wurde erzogen.
Falls ich nur mal einen kleinen Versuch wagte, die Sorry zu ärgern, hieß es gleich.

«Aus, Juhlchen»

und das gleich mehrmals hintereinander. *Ich war doch nicht schwerhörig, ich wollte halt nur nicht hören.*
In Zukunft, war es mir leider nicht immer möglich, meinen eigenen Willen durchzusetzen. Die plötzlich und unerwartet angewandten, strengen Erziehungsmethoden Frauchens fand ich schon sehr anstrengend, und besonders ätzend. Und wir werden ja in Zukunft sehen, ob diese Erziehung bei mir Früchte getragen hat...

Ich hatte plötzlich Glück, denn mein Herrchen Hansi wurde nach einem halben Jahr in den wohlverdienten Ruhestand versetzt. Nach neunundvierzig Arbeitsjahren hatte er sich das auch redlich verdient. Nicht mehr nur mit Frauchen allein zu Haus, glaubte ich nun, Narrenfreiheit zu haben.

54

Herrchen, das hatte ich sehr schnell herausgefunden, war sehr viel nachgiebiger als Frauchen und er verwöhnte mich so richtig. Die ganze erfolgreiche Erziehung von Frauchen Evelin war plötzlich für die Katz. *„Ich hörte einfach auf zu hören"*!
Frauchen war schon sehr ungehalten darüber und sie schimpfte mit Hansi, wenn er mir alles erlaubte. Herrchen war jedoch so ein ruhiger, ausgeglichener Mensch, und den konnte so schnell nichts aus der Ruhe bringen.
So hatte ich mal wieder Oberwasser..

Endlich, so langsam schmilzt der Schnee und der kalte Winter wird vom einsetzenden Frühjahr vertrieben. Die Sonne lacht, Frauchen ist auch viel besser drauf, da sie die dunkle und manchmal auch kalte Jahreszeit nicht besonders mag. Sie freut sich schon auf die anstehende Gartenarbeit. Ich weiß noch nicht so recht, was damit gemeint ist, wenn sie zu Herrchen sagt;

„So, jetzt ist die diesjährige Gartensaison eröffnet."

Gemeinsam machen wir uns auf den Weg in den Garten. Herrchen und Frauchen ziehen ihre alten Gartenklamotten an und holen sich im Schuppen die Gartengeräte herbei. Ich habe gleich mal den großen Garten ausgemessen.
Dabei ist mir sofort die einzigste offene Stelle im Gartenzaun aufgefallen, und gleich habe ich die Gelegenheit beim Schopf gepackt und bin getürmt. Sehr weit bin ich allerdings nicht gekommen, Frauchen hat es bemerkt und mir den Weg abgeschnitten.

„Blöd, nicht wahr?"

Sogleich wurde auch diese besagte Stelle ausbruchssicher gemacht. Na ja, der Garten ist ja schon sehr groß, dass ich mich richtig austoben kann. Meine Leute machten sich nun an die Arbeit, um den Garten zum Aussäen vorzubereiten. Ich schaute mir die Sache genau an. Und nun komme ich erst richtig ins

Spiel, endlich, nach der langen Winterpause, ist meine Zeit angetreten.

Ich lasse es mir nicht nehmen und helfe ganz selbstverständlich bei der Gartenarbeit kräftig mit.
Ich fange an, überall Löcher mit meinen kleinen Dackelbeinen auszubuddeln. Mir macht das riesig Spaß, nur Frauchen hält davon überhaupt nichts. Dabei meine ich es nur gut, ich will doch nur helfen, damit sie früher fertig sind und mit mit spielen können.
Frauchen hat mir dann mit strenger Stimme erklärt, dass ich kein Maulwurf bin. Ich weiß sowieso nicht, was das für ein Tier ist, der hat sich hier im Garten noch nicht blicken lassen. Nur seine Häufchen, die er im Garten hinterlassen hat, habe ich gesehen und erweitert.

Ich bin nun schon ein ganzes Stück größer geworden und frecher, wie es sich für einen kleinen Dackel gehört. Ich darf jetzt, wie schon erwähnt, wenn das Wetter schön ist, mit all meinen Lieben in den schönen Garten hinterm Haus.
Da gibt es so viel Neues zu entdecken;
„Zum Beispiel Frauchens Tulpenzwiebeln."

Die schauen gerade vorwitzig aus der Erde hervor und ich habe es mir zur Aufgabe gemacht, sie mit meiner Schnauze ganz schnell aus der Erde zu ziehen, bevor meine Leute es merken und ich erwischt werde.
Das geht auch einige Male gut, bis Frauchen mir auf die Schliche gekommen ist.
O je, jetzt gab es Schelte, und Frauchen hat doch tatsächlich versucht, mir die Tulpe wieder abzujagen.
Das hingegen hat sie nicht geschafft. Ich war viel flotter unterwegs als sie, ich bin ja noch jung und schnell, auch wenn ich nur so kurze Beine habe.

Es wäre doch gelacht, im Austricksen bin ich Meister, und ich übe noch...

Im Garten befindet sich auch ein kleines Gartenhaus mit kleiner Terrasse, einer Sitzecke aus Holz und einem Stuhl aus Großmutters Zeiten. Darauf hatte Frauchen immer im Sommer blühende Blumen und Deco stehen. Das sieht so schön aus, nur ich und die Sorry dürfen wieder nirgends dran.

In der Ecke auf der Südseite des Gartenhauses, steht noch eine Hollywoodschaukel. Die haben Frauchen und ich für uns alleine reserviert. Sorry findet die auch gut und ich muss ihr immer erst mit Nachdruck klarmachen, dass, das unser Platz ist. Obwohl Evelin der Meinung ist, dass der Platz darauf für uns alle drei reicht.

Nee, dann muss ich ja mal wieder die Streicheleinheiten mit Sorry teilen, das geht auf keinen Fall. Also machten wir es uns bei Sonnenschein so richtig gemütlich solange bis uns die Hitze vertrieben hat.
Wir wollten auf keinen Fall riskieren, einen Sonnenstich zu bekommen. Das wäre für alle Beteiligten fatal gewesen.

Auf dem Grundstück befand sich auch noch ein wunderschön angelegter Gartenteich. Darin befanden sich Goldfische und auch die wertvolleren Coifische.
Unsere Katze Sorry versuchte immer vergeblich, daraus ihr Mittagsmahl zu fangen. Fisch stand auf ihrer Speisekarte ganz oben. Da sie aber so wasserscheu ist wie alle Katzen, kam sie nie nah genug ans Wasser des Fischteichs heran und hat mit ihrer Pfote immer nur Löcher in die Luft geschlagen, statt Fische zu fangen.
Das war ihr Glück, sonst hätte sie gleich ihr Testament machen können. Wenn es nämlich um den Fischteich und die Fische

ging, kannten unsere Leute keinen Spaß.

Der Teich war sehr schön angelegt worden, im Jahr 1988. Das hatten Frauchens Vater und mein Herrchen Hansi ganz allein in mühevoller Arbeit angelegt.

Der Teichrand war mit schönen Wasserpflanzen und Schilf bepflanzt. In der Mitte des Teichs befanden sich etliche Seerosen, die zur Blütezeit ihre ganze Pracht entfalteten.
Von dem etwas höher gelegenen Blumenbeet wurde das Wasser aus dem Teich mit einer Pumpe hoch befördert und lief anschließend in selbst gegossenen Kaskaden, aus Beton, in den Teich zurück. Dieses Schauspiel wurde am Abend von bunten Solar-kugeln und Strahlern beleuchtet.

Es sah ein bisschen aus, wie der Rhein in Flammen. „Wunderschönes Schauspiel"!
Eine selbstgebaute Mühle, die der Vater von Frauchen entworfen und gebaut hatte, befand sich auf einem etwas kleineren Teich daneben. Diese war mit einem richtigen Mühlrad und einer Pumpe ausgestattet.

So konnte man das Mühlrad zum Laufen bringen.
Die Mühle war ein kleines Abbild von dem Original, das die Großeltern von meinem Frauchen, väterlicherseits, besessen und betrieben hatten. **„ Die Steinmühle."**
Es war als kleine Erinnerung an die Jugend von Frauchens Vater gedacht.

Zu meinem Bedauern habe ich Frauchens Vater leider nicht mehr kennenlernen dürfen, er war kurz vor meiner Geburt gestorben. Schade, wir hätten uns bestimmt gut verstanden, er mochte so kleine freche Racker wie mich.
Die Sorry war ihm zu langweilig, mit der konnte er nichts anfangen, sie hatten nicht dieselbe Wellenlänge. Als er mal den

Versuch wagte, sie im Treppenhaus zu streicheln, hat sie ihm mit ihrer Pfote, den Schlapphut vom Kopf geschlagen, sonst hätte seine vorhandene Glatze einige Blessuren davon getragen.

Mit der Mutter von Frauchen hat sie sich jedoch bestens verstanden, ich übrigens auch. Die war auch super lieb mit uns beiden.
Leider ist sie zwei Jahre später, nach ihrem Mann, auch verstorben. Aber in dieser verbliebenen Zeit konnten Sorry und ich uns noch von ihr knuddeln und verwöhnen lassen. Das war richtig schön..
Und die Sorry mag Männer immer noch nicht besonders. Auch unser Herrchen darf ihr nur dauernd Fressen geben, ansonsten bekommt er von ihr Hiebe ans Bein. Die ist ganz schön frech, *das würde ich mir nie erlauben...* „Ehrenwort."

Ach, bevor ich's vergesse, das muss ich euch unbedingt noch erzählen; Da ich ja nun mit all meinen Lieben die Freiluftsaison genießen darf, haben meine Leute mir eine, wie sie meinten, schicke graublaue Hundehütte zum Schutz vor Regen und Sonne gekauft und im Garten aufgestellt.
Finde ich völlig unnötig, ich brauche bei Regen keinen Schutz, da gehe ich sowieso nicht raus. Und wenn die Sonne scheint, freue ich mich wie ein kleiner Tiger und springe ausgelassen im Garten umher. Und sie brauchen auch nicht zu befürchten, dass ich einen *Sonnenstich* bekomme, den habe ich laut Frauchens Aussage schon manchmal, also was soll`s. Aus diesem Grund, habe ich die Hütte aus Prinzip nicht benutzt, der Baustil hat mir überhaupt nicht zugesagt.

„Der Architekt war eine absolute Niete."

Und glauben meine Leute etwa, ich lasse mich so einfach abschieben, damit sie im Garten mal ihre wohlverdiente Ruhe haben? Weit gefehlt, ich hätte sie auch der Sorry vererbt, da war ich großzügig.

Nur die Katze Sorry, diese Dumpfbacke wollte sie trotz enormer Überredungskünste meinerseits auch nicht haben.

„Sie hat dankend abgelehnt!"

Schade, so wäre ich sie mal für eine Zeitlang losgeworden. Mit einem kleinen Stein hätte ich, schnell wie ich war, die Klappe der Hundehütte gesichert. Und schon wäre sie in der Falle gewesen. Doch diese Rechnung ging leider nicht auf, schade, schade. Einen Versuch war es allemal wert.

Sie wurde dann für immer, in die

„Spielzeug-Hundehütten-Aufbewahrungskiste" unbenannt. So erfüllte sie auch ihren Zweck, obgleich ich mein benutztes Spielzeug auf keinen Fall selber wieder in die Hütte räume, wenn wir ins Haus gehen wollen. Das war Frauchens Aufgabe, sie hat ja die Hütte gekauft....

Da ich ein kleiner Schlingel bin und viele Flausen im Kopf habe, werde ich auch öfters gerügt. Das kann mich aber nicht im Mindesten beeindrucken, ich bin ja noch klein und habe **Welpenschutz,** auch bei der Katze.

Das nutze ich auch schamlos aus, indem ich sie im Garten, kreuz und quer über die Beete jage. Davon wiederum ist Frauchen Evelin mal wieder nicht sonderlich angetan. Sie hat vor zwei Wochen die Beete neu angelegt, eingesät und Kohl-pflanzen gesteckt, die diese Eskapaden von uns nur ganz selten überstehen. Sie sind ja noch klein und sehr empfindlich. Ich lasse es mir sowieso nicht verbieten, da es mir so einen riesigen Spaß macht.

Trotz heftiger Schelte, die es dann gibt, probiere ich es immer wieder, auch wenn das Gemüse dabei zu Schaden kommt.

„Ich persönlich brauche kein Gemüse zum Glücklichsein."

Als ich vor ein paar Wochen noch ein wenig jünger war, konnte ich zur Freude meiner Leute noch nicht laut bellen. Mit ein bisschen Übung hatte ich das ganz schnell drauf.

Jetzt wurde draußen alles angebellt, was sich irgendwie bewegt hat.
Dabei hatte ich es besonders auf unsere *Nachbarin* abgesehen, die mit Hund und Katze nicht viel am Hut hatte. Das hatte ich sehr schnell herausgefunden und dagegen musste ich ja angehen.
Ich übernahm mit vollen Elan diese mir gestellte Herausforderung, da ich nun in dieser Familie der Haus- und Hofhund bin.
Die Sorry unsere Katze, konnte ja zum Glück nicht bellen.
Mit enormer Lautstärke ging ich ans Werk, leider zum Leidwesen aller Beteiligten, die ihr eigenes Wort nicht mehr verstehen konnten.

„ Was soll´s, mich hat das eh nicht gestört."

Eines Tages bekam ich ein anderes Hundegeschirr, weil mir das für Welpen zu klein geworden ist. Das stammte von meiner Vorgängerin, der Merry, und wurde an mich weitervererbt. Es war noch ein wenig zu groß für mich, man konnte es aber verstellen, auf die kleinste Größe.
Für Sonntags hingegen, oder wenn ich mit meinen Leuten im Auto mit durfte, bekam ich das schicke neue rojalblaue umgezogen. Das hatten sie mir kurz vorher im Tiergeschäft gekauft.
Ich durfte es sogar anprobieren und habe auch gleich mal die Verkäuferin an geknurrt. So hatte ich das auch gleich mit erledigt. Darum wurde mir auch bei der Farbauswahl das Mitspra-

cherecht verwehrt.

Ich persönlich, hätte das tolle rote mit den kleinen Teddymotiven ausgewählt.In dem von Frauchen ausgewählten sah ich zum Anbeißen süß aus, so dass sie mit mir ne Stange angeben konnten. Ich war mit meinem tiefschwarzen Fell, mit der braunen Zeichnung in meinem Gesicht, den treuen dunkelbraunen Augen sowie den braunen Pfoten ein besonders hübsches Dackelmädchen.

Und ein Jeder, der uns begegnete sagte; ist das ein niedliches Kerlchen. Sie wollten mich auch gleich immer anfassen und streicheln. Das konnte ich nicht zulassen und knurrte wie ein Großer oder schnappte nach ihnen. Frauchen legte in so einer Situation schützend ihre Hand auf meinen Kopf und sagte zu den Leuten.

<<Bitte nicht anfassen>>

Das fand ich sehr nett von ihr, und zur Belohnung gab es ein kleines Küsschen von mir. Irgendwie musste ich mich für ihre Fürsorge erkenntlich zeigen, die sie mir entgegen brachte.

Eines Tages hatte ich ein ganz schlimmes Erlebnis in meinem jungen Hundeleben. Mein sonst so cleveres Frauchen hatte plötzlich die total verrückte Idee, mit mir kleinen Racker zum Welpentraining auf den Hundeplatz zu gehen.

Wir sind in den grünen Fiat eingestiegen, der genau wie ich tiefergelegt ist, und sind fünfzehn Kilometer gefahren. Ein Glück, dass ich zu dieser Zeit noch nicht wusste, was mir alles noch bevorsteht. Ansonsten hätte ich höchstwahrscheinlich schon im Auto einen Ohnmachtsanfall bekommen.

Das dicke Ende kam dann noch...

Endlich war die lange Fahrt zu Ende und ich wurde aus meinem Gurt befreit, der mir im Auto immer angelegt wurde.

«Aus Sicherheitsgründen»

Ich sprang freudestrahlend aus dem Auto, geradewegs in eine Gruppe anderer Welpen, die mich alle um zwei Kopflängen überragten.

Nur ein süßer Mops war etwas kleiner als die anderen Hunde. Ich war so perplex, dass ich wie erstarrt stehen blieb. Einige leckten mich ab, das machte mir furchtbare Angst. Frauchen nahm mich wieder hoch, sie war dennoch wild entschlossen, mich an dem Training teilnehmen zu lassen.

„Zwecks Erziehung!"

Wir wurden alle in ein eingezäuntes Gatter gebracht. Vorsichtshalber, damit wir nicht türmen konnten.

Ich hatte schrecklichen Bammel und hätte am liebsten gleich wieder die Flucht ergriffen. Leider war das Tor längst geschlossen worden und ich konnte nicht ausbüchsen. So musste ich mich in mein Schicksal fügen. Zu meiner Erleichterung war Frauchen neben mir und gab mir etwas Sicherheit. Unter Anleitung der Hundetrainerin haben wir die verlangten Übungen auf dem mit Wasserpfützen übersäten Gelände hinter uns gebracht. Mit dem Mops hatte ich mich schon etwas angefreundet, er war mir nur etwas zu stürmisch mit seinen wilden Spielen.

Ich war unheimlich froh, als endlich die Übungsstunde beendet war.

Patschnass und am ganzen Körper zitternd machten wir uns auf den Heimweg. Ich war fix und fertig mit der Welt und war auch auf mein Frauchen nicht besonders gut zu sprechen. Die hat mir diese Misere erst eingebrockt.

Und Rache ist süß.

Aus diesem triftigen Grund hat Evelyn auch beschlossen, das Hundetraining abzubrechen.

Mann war ich erleichtert, ansonsten hätte ich auch wochenlang, eine Schnute gezogen...

Trotz der schlechten Erfahrung bin ich wieder mit Frauchen und Herrchen, der war diesmal auch dabei, in die Stadt gefahren. Wir sind dann anschließend geradewegs in ein Geschäft für Tierbedarf gegangen.
Da wurde mir eine super schicke, stylische Hundetragetasche gekauft. Nun brauchte ich nicht mehr selbst zu laufen, ich wurde getragen.
Ich fühlte mich in der schönen Tasche pudelwohl und beschützt, die war kuschelweich und superwarm.

So fuhren wir gemeinsam mit Hansi des öfteren in die nahe gelegene Stadt zum Kaffee- trinken.

Ich wurde samt Tasche auf den Sitz neben Evelin platziert. Nach unendlich langer Zeit wurde die Tasche geöffnet, damit ich auch mal was sehen konnte.
Frauchen hatte in der Zwischenzeit an der Theke Kaffee und Kuchen gekauft.
Da ich auch was davon abhaben wollte, bettelte ich herzzerreißend. Ich hatte Glück und es fiel das ein oder andere kleine Stückchen für mich ab.
Mmmm, das schmeckte gut, daran könnte ich mich gewöhnen, da ich schon ein richtiges **Leckermäulchen** geworden bin.

Es ist mal wieder Sonntag, Herrchen ist auch da und wir sind bei dem Sohn Mario und seiner Lebensgefährtin Elke eingeladen.

Die besitzen einen super lieben Rottweiler mit Namen, „Rambo".

Der liebt nicht nur seine Leute, sondern auch mein Frauchen heiß und innig. Da angekommen, kann sie nicht erst den Sohn und seine Freundin begrüßen, nein, das lässt Rambo nicht zu. Zuerst muss sie ihn knuddeln, ansonsten gibt er keine Ruhe.
Kaum hat sie auf dem Sofa Platz genommen, sitzt dieses *Riesenkalb* von einem Hund auf ihrem Schoß. Ich sehe mir das nicht lange mit an, ich bin bei Frauchen die Hauptperson und die will ich auch bleiben! Da ich aber ein wenig Angst vor dem großen Hund habe, kann ich keine dicke Lippe riskieren.
Meine Sorge war ganz unbegründet, *das ist so ein Lieber.* Mich hat er auch sehr freudig begrüßt und mir von seinem Futter abgegeben. Nur diese ewige **Abschleckerei**, kann ich nicht ausstehen. Das werde ich ihm auch noch mal klarmachen, falls ich etwas größer und kräftiger bin.
Obwohl es mir da sehr gut gefallen hat, war ich froh, dass wir nach dem gemeinsamen Kaffee trinken, wieder allein, ohne Rambo, nach Haus gefahren sind.

Ich kann auch beim besten Willen nicht verstehen, dass die Leute die Rasse Rottweiler als gefährlich einstufen. Und der Name „ **Rambo**" passt überhaupt nicht zu ihm.
Da hätte er schon eher **Bubi oder Schäfchen** heißen können, da er in meinen Augen zwar lieb, doch etwas trottelig ist.
Ab und zu waren wir nochmal da und ich habe mit Rambo gespielt, er war mein bester Freund geworden. Leider ist er ganz plötzlich und unerwartet verstorben. Da waren wir alle, die ihn kannten, ganz traurig.

Nach einigen Monaten und vielen erfolglosen Versuchen, mich doch noch zu erziehen, bin ich endlich zu einem kleinen, großen Dackel herangewachsen. Bin auch, wie es sich gehört, ganz schön verwöhnt worden, besonders von Herrchen.
Das hat dazu geführt, das ich sehr viele Leckerlis zusätzlich

bekam. Die allerdings brachte Frauchen vom Einkaufen mit. Sie sagte aber auch gleich, mit hoch erhobenem Zeigefinger; *„ Bitte einteilen"*.

Das hatte sie sich so gedacht. Sie ging noch manchmal arbeiten, und da hatte ich Herrchen voll im Griff. Ich stellte mich einfach vor den Schrank, der auf dem Flur stand, und bettelte. Darin waren die leckeren Sachen verstaut, und das wusste ich ganz genau. Herrchen hat sich auch, um seine Ruhe zu haben, erweichen lassen.

Die vielen Extras machten sich mit der Zeit an meiner ehemals schlanken Mitte bemerkbar. Mich störte das nicht, und so passte ich auch besser zu Frauchen, die selbst einige Kilos zu viel auf die Waage bringt. Und ich finde mich schön, egal was die anderen Leute sagen...

Es haben auch noch andere Sachen dazu beigetragen, dass ich zugenommen habe. Ich war unterdessen erwachsen geworden, und das brachte nicht nur Vorteile mit sich.

Nun war die Zeit gekommen, dass ich hätte *Hundebabys* bekommen können. Das jedoch wollten meine Leute auf jeden Fall verhindern.

Sie sagten im Brustton der Überzeugung;

Ein Dackel ist schon mehr, als wir ertragen können.

Verstehe ich nicht, ich bin doch sooo lieb.

So wurde ich wieder mal ins Auto verfrachtet und wir fuhren zum nächsten Tierarzt. Der war, aus schlechter Erfahrung, Hunden gegenüber ziemlich ängstlich und bestand darauf, dass Frauchen mir einen von ihm gereichten Maulkorb anlegte.

Gesagt, getan, allerdings ohne mich..

Ich habe mich mit allen meinen zur Verfügung stehenden Pfoten dagegen gewehrt.

Mein Frauchen gab schließlich nach etlichen Fehlversuchen schweißgebadet auf. Geschafft!

„ Denkste, Puppe!"

Nun ging das Drama erst richtig los. Nachdem mich Frauchen ziemlich ruppig, auf die Waage gestellt hatte, um mein richtiges Gewicht zu ermitteln, zwecks Dosierung der nun folgenden Spritze, wurde ich abermals von Frauchen gepackt und auf den Behandlungstisch gesetzt. Sie hat mich mit gekonntem Griff festgehalten und mir wurde, trotz heftiger Gegenwehr, die

„Antibabypillen- Spritze" für Hunde verpasst.

Zu allem Übel muss diese Tortur nun alle fünf Monate wiederholt werden, und die alljährliche Impfung kommt auch noch dazu.

Das konnte ja heiter werden.

Eines Tages haben meine Leute das große Haus verkauft und sind in eine andere Stadt gezogen.

Wir, die Sorry und ich, sind selbstverständlich mitgekommen.

Da habe ich zum Gassigehen einen neuen Feldweg bekommen, der nahe dem Haus war, wo wir jetzt wohnen. Da brauchte ich zum Glück nicht so weit laufen.

Der war jedoch **stinkgefährlich.**

Da gab es Pferde, große und kleine Hunde und jede Menge Katzen. Alles Konkurrenz, und manche wollten die Sorry und mich auch gleich vertreiben.

Eines schönen Tages, um die Mittagszeit kamen Frauchen und ich kamen vom Einkaufen mit dem Auto zurück. Nichts Böses ahnend, stieg ich aus dem Auto und lief auf die andere Seite der Straße ins Gras, um mal schnell zu pullern.

Da kam, o Schreck, wie aus dem Nichts, die Maxi, eine uralte

Hundedame, des Weges. Sonst eher behäbig und langsam.

Als sie meine Wenigkeit erblickte, kam sie, wie aus der Pistole geschossen, auf mich zugelaufen, um mich ein für allemal aus ihrem Blickfeld zu verbannen. Die konnte mich wohl nicht leiden und war gleich bitterböse. Das beruhte auf Gegenseitigkeit, die hatte null Benehmen kleinwüchsigen Hunden gegenüber. Sie wollte immer und überall die erste Geige spielen, sonst protestierte sie lautstark.

„So macht man sich keine Freunde!"

Vor lauter Angst bin ich in das noch offene Auto von Frauchen gesprungen. Und mein Frauchen, hat geistesgegenwärtig die Tür zugeknallt. So schnell bin ich noch nie in die Puschen gekommen. In der Regel lasse ich mich immer bequem, wie Dackel nun mal sind, von meiner Leuten auf den Rücksitz heben, weil ich nun mal so kurze Beine habe. Nun ist Schluss mit lustig und ich habe die Maxi zu meiner absoluten Feindin erklärt!

„Das ist mein Territorium".

Zu meiner Erleichterung muss ich sagen, dass nicht alle Hunde, die mir täglich begegnen, so biestig sind.

Nach einigen Wochen lernte ich einen **Hundemann** kennen, der war schätzungsweise fast einen Meter höher, als ich selbst vorweisen konnte, doch sehr freundlich und nett. *Er ist schon etwas älter und jenseits von gut und böse.*

„Ihr wisst schon ‚was ich meine!"

Machen wir unseren täglichen Kontrollgang, eh ich meine, Gassigehen, auf unserem Feldweg, begrüßen wir uns ganz stürmisch. Das heißt, ich schmeiße mich bei ihm vor die Füße und lege mich auf den Rücken. Das hat er irgendwie falsch verstanden, ich wollte mich ihm nur unterordnen. Seitdem *flirtet* er mit mir, was das Zeug hält, und das stört mich schon gewaltig.

Ich mag ihn schon sehr gern, habe jedoch Augen im Kopf und leide keineswegs unter **Geschmacksverirrung.**
Da er mindestens zweimal so alt ist als ich selber, kommt er für mich nicht in Frage.
Und meinem Schönheitsideal entspricht er in keinster Weise.
Nur, das kapiert er einfach nicht und probiert es jeden Tag auf 's Neue. Ich sollte ihm wohl in der nächsten Zeit die kalte Schulter zeigen. Als besonders guten und ein- zigsten Freund möchte ich ihn auf keinen Fall verlieren, die sind hier nämlich spärlich gesät.

Endlich ist meine Zeit gekommen, auch mal das Wort zu er- greifen, vor allen das letzte. Ich bin mit meinen fünf Jahren mittlerweile eine erwachsene Hundedame.
Und ich bin nach intensivem In-mich-gehen zu der vollen Überzeugung gelangt:

‹‹‹Dackel brauchen keine Ohren›››
Und wenn dann nur, um andere Hunde, Katzen und die lieben Nachbarn beim Vorbeigehen lautstark aus meinem Garten zu vertreiben. Das mache ich schon aus Überzeugung, auch wenn das meine Leute tierisch nervt.

Mich dagegen stört das nicht, falls ich mal wieder nicht auf das höre, was meine Besitzer von mir wollen.
Puh, die können mich mal gerne haben, da ich ein typischer Dackel bin, mit dem Vorzug **„Narrenfreiheit zu haben."**
Mit Herrchen klappt da eins A, nur Frauchen ist eine harte Nuss und nicht so leicht zu knacken.
Da habe ich noch ein hartes Stück Arbeit vor mir. Ich werde mich auch dieser schweren Herausforderung stellen, auch wenn ich Jahre dafür brauche...

Es ist mal wieder ein hässliches Wetter draußen und mir graut es schon jetzt, Gassi zu gehen. Es regnet in Strömen und kein Ende ist in Sicht. Frauchen ist arbeiten und ich bin mit Herrchen und Sorry allein zu Haus. Sollte sich mein Herrchen Hansi einfallen lassen, bei dem Schweinewetter mit mir raus gehen zu wollen, trete ich mit Sorry, die auch nichts davon hält, in den Streik.

Da werde ich mich mit meinen kleinen stämmigen Beinen auf der Matte vorm Haus abstützen, und da kann er ziehen, wie er will, ich rühre mich nicht vom Fleck.

Vielleicht lasse ich mich erweichen, falls er auf die Idee kommt, mir mit dem großen roten Regenschirm Schutz zu bieten.

Mal sehen, ob er so intelligent ist...

Ansonsten machen wir es uns in der warmen Wohnung schön und lassen es uns gutgehen. Herrchen raucht gemütlich sein **Zigerettchen** und ich döse ein wenig vor mich hin.

Plötzlich fällt mir mein Knöchelchen von gestern wieder ein. Wo habe ich den bloß wieder versteckt? Ich kann mich beim besten Willen nicht daran erinnern.

„ Alzheimer lässt grüßen „

Da wende ich eine sehr besondere Taktik an.

<< Ich heule ein bisschen>>, damit Herrchen mit mir auf die Suche geht. Er wirft sich auf die Knie und wir suchen gemeinsam unter den Schränken. Seine beginnende Arthrose, hat er total vergessen.

„Zwischendurch kommt die Frage an mich: ja wo hast du ihn denn wieder versteckt?

Sollte ich das wissen, brauchten wir ja nicht zu suchen.

Blöde Frage....

Er ist doch klüger, als ich es vermutet habe, er hat ihn wahrhaftig unter der Kommode entdeckt. Bravo, Hansi, gut gemacht!

Bist halt mein Gedächtnis, obwohl du so viel älter bist.

In unserer Wohngemeinschaft lebt wie schon erwähnt, auch die Sorry, unser Stubentiger.
Mit der saublöden Ziege muss ich nach wie vor die Streichel-einheiten von Frauchen und Herrchen teilen, das finde ich doof.
Aus diesem Grund ärgere ich sie auch sehr oft und jage sie weg. Frauchen darf mich dabei nicht erwischen.
Sorry verteilt dann als Retoure auch schon mal eine Backpfeife an mich. Das kann mich überhaupt nicht belasten, sie hat ihre Krallen dabei nicht ausgefahren. Es hat nicht wehgetan. Des-halb habe ich auch mal den Versuch gewagt, im Feld eine an-dere Katze zu jagen. Und prompt habe ich Bekanntschaft mit ihren scharfen Krallen gemacht.
Dagegen ist *Sorry* eine Schmusekatze und doch nicht so ver-kehrt wie ich angenommen habe.

Ich hab euch ja vor kurzem erzählt, dass wir alle in ein anderes Haus umgezogen sind. Auf dem Grundstück standen ganz viele alte Bäume und es war alles mit Sträuchern und Büschen zuge-wachsen.
So ein richtiges Dornröschenschloß.
Auch direkt am Haus standen überall Bäume. Das hat meinen Leuten überhaupt nicht gefallen und sie haben alles abgesägt und entfernt. Auch den Freisitz, der gar nicht mehr zu erkennen war, haben sie freigelegt. Sorry fand es vorher besser, da hatte sie schön viel Versteckmöglichkeiten.
Und plötzlich waren bis auf einen Zwetschgen- und einen Ap-felbaum alle wegrationalisiert.
Sie hatte es bislang stillschweigend geduldet.

Doch als man sich gerade ans Werk machen wollte,

auch die letzten zwei zu entfernen, hat sie sich in den Apfelbaum gesetzt und lautstark protestiert.

Unsere Leute glaubten erst, sich verhört zu haben. Es war aber tatsächlich so, sie schimpfte wie ein Rohrspatz.

Endlich hat sie sich auch mal zu Wort gemeldet, sonst bin immer ich diejenige, die auf die Pauke haut und sich beschwert.
Bravo, altes Mädchen, sie ist mittlerweile elf Jahre alt. Aber noch ganz schön flott ist sie. Mäuse fängt sie wie ein Weltmeister und beim Wettrennen gewinnt sie immer um einige Längen vor mir lahmen Schnecke. Ich bin, wie ich glaube, doch schon etwas zu pummelig. Es macht sich halt doch mit der Zeit bemerkbar, dass ich manchmal auch der Katze das Futter stibitze. Und die vielen Leckerlis machen sich auch bemerkbar, und meine schlanke Figur von damals ist auch Schnee von gestern.
Aus diesem Grund sind meine Leute auf die total verrückte Idee gekommen, **mich auf halbe Kost zu setzen.**
Es wurde alles gestrichen, was nur etwas mehr an Kalorien hatte.
„Die Gute-Nacht-Bonbons"
wurden gegen kalorienreduzierte ausgetauscht.

Vom Tisch gab es schon mal gar nichts, wenn meine Leute gegessen haben.
Sonst habe ich schon mal eine Scheibe Wurst oder Käse abgestaubt; alles wurde gestrichen. Und meine tägliche Ration ist um die Hälfte eingeschrumpft.
Die wissen anscheinend nicht, wie weh Hunger tun kann.
Und glauben meine Besitzer etwa, dass die Diät bei mir Erfolg hat? Ich bin da anderer Meinung und habe Beschwerde einge-

legt
Ich werde mich demnächst mal erkundigen, ob es vielleicht einen *Bundesgerichtshof für Hunde gibt* und wo man Klage erheben kann. Einen guten Anwalt hätte ich auch schon zur Hand. „**Kleiner Scherz am Rande.**"
Nach drei Tagen halbe Kost habe ich einen Kohldampf und könnte ein ganzes Schwein fressen, wenn man mich lässt...

Nach einigen Wochen, vielen Entbehrungen,
schlaflosen Nächten, weil ich vor lauter Hunger nicht in den Schlaf gefunden habe, hat doch die Waage wahrhaftig zwei Kilo weniger angezeigt.

Ich sehe endlich wieder richtig schnuckelig aus, wie man mir sagt. Da ich aber grundsätzlich eine eigene Meinung habe und nicht auf die anderen Leute höre, habe ich die Diät abgebrochen und somit wieder etwas zugenommen.

Und all die Menschen in meinem Umfeld können mir mal den Buckel herunterrutschen. Die Hauptsache ist doch, ich fühle mich wohl in meiner Haut und werde von Frauchen, Herrchen und Sorry geliebt.
Und wenn es nach mir ginge, könnte das Leben, wie es im Moment verläuft, noch hundert Jahre so weiter gehen. Und die Sorry ist da bestimmt auch meiner Meinung.

Na, dann tschüss Leute, bis zum nächsten Leben, im Augenblick habe ich euch nichts mehr zu sagen......

Der Schäferhund und das kleine Rehkitz

3. Kurzgeschichte

Im Wald an dem Fuße des schönen hohen Meißeners wurde vor nicht allzu langer Zeit ein kleines Rehkitz geboren. Es hörte auf den schönen Namen Susi und war das erste Kitz, das von seiner Mutter Nancy geboren wurde. Es hatte wunderschöne braune Rehaugen und ein hellbraunes Fell, das weiß gefleckt war. Das behielt es so lange, bis es alt genug war, um sich im Ernstfall selbst zu schützen. Es diente zur Tarnung, damit es im Wald nicht gleich von anderen Tieren, die zu ihren Feinden gehörten, entdeckt und gefressen wurde.

Die Ricke Nancy war noch eine ganz junge Mutter und ging sehr liebevoll mit ihrem ersten Kitz um. Sie hatte zwar noch nicht so viel Erfahrung sammeln können, doch sie machte ihre Sache sehr gut.

Immer wenn das Rehkitz Hunger hatte, bediente es sich an dem Euter der Mutter, die auch Ricke genannt wird, und trank Milch, da ja Rehe zu der Gattung der Säugetiere zählen. In den ersten sieben Tagen seines Lebens ist es lebensnotwendig, dass das Kitz von der Ricke die Biestmilch bekommt. Sonst würde es nicht überleben. Danach kann es schon mal kleine Blätter von Löwenzahn, Himbeere, Brombeere usw. fressen, und auch Walderde ist besonders wichtig für seine Ernährung.

Doch die Milch der Ricke ist für ein paar Monate sein Hauptnahrungsmittel. Deshalb hielt sich auch das Kitz Susi immer in der Nähe seiner Mutter Nancy auf. Außer wenn sich die Mutter zur eigenen Nahrungssuche entfernte, dann blieb das Junge in dem Unterschlupf der beiden zurück.

Rehe sind sehr schreckhafte Tiere und mögen keine lauten Geräusche. Sonst flüchten sie in Panik und haben sich dabei auch schon schwere oder gar tödliche Verletzungen zugezogen. Aber erst mal lebten die zwei glücklich und zufrieden für ein paar Monate im Wald.

Susi war mittlerweile ein ganzes Stück größer geworden und hatte auch schon einigen Unsinn im Kopf.

So versuchte sie auch schon mal ihre junge und noch etwas un-

erfahrene Mutter zu necken oder machte kleine Luftsprünge, um zu testen, wie die Ricke reagierte.
Doch die blieb total cool und gelassen, und ging ihrer Lieblingsbeschäftigung, dem Fressen, weiter nach. Doch sie hatte immer ein Auge auf ihr Kitz, damit ihm nichts zustößt.

Einmal machte die Susi die Bekanntschaft eines kleinen Feldhasen, der von seiner Mutter ausgebüchst war. Zuerst waren beide sehr erschrocken und rührten sich nicht vom Fleck. Doch nach einiger Zeit, als sie sich von dem Schrecken erholt hatten, beäugten sie sich gegenseitig. Leider sprachen sie nicht die selbe Sprache und konnten sich deshalb auch nicht miteinander verständigen. Das war sehr schade, denn im Wald war es für Susi schon recht eintönig und sie hätte sich schon gern einen Spielgefährten gewünscht. Obwohl der Feldhase eigentlich als Spielgefährte für ein Rehkitz etwas zu klein geraten war. Auch wenn die Susi noch nicht ihre volle Größe erreicht hatte, überragte sie Mümmelmann schon um etliche Zentimeter.
So musste sie sich erst mal damit zufrieden geben, nur mit ihrer Mutter zu spielen.
Obwohl die Ricke schon manchmal etwas zickig auf die etwas ruppigen Spielversuche ihres Rehkitz reagierte.
Manche Wünsche gehen leider niemals in Erfüllung und sie musste sich vorerst weiter nur mit der Anwesenheit ihrer Mutter, der Ricke begnügen.
In diesem Moment, rief die Mutter des vermissten Häschens ganz aufgeregt nach ihren Nachwuchs.
Und flugs hoppelte der kleine Hase davon, auf Nimmerwiedersehen.
Es gab aber auch weit gefährlichere Situationen für das kleine Rehkitz, als die kurze Begegnung mit einem Feldhasenbaby.

Eines Tages, als seine Mutter sich wieder mal von dem Unterschlupf der beiden entfernt hatte, um sich in der herannahenden

Dämmerung am Waldrand auf Nahrungssuche zu begeben, schlich ganz dicht ein männlicher Fuchs vorbei. Der wollte bestimmt auf Beutezug gehen, um seinen eigenen Nachwuchs zu versorgen, der bestimmt auch großen Hunger hatte. Da Füchse keine Vegetarier sind wie die Rehe, die sich meistens von Gras oder Heu ernähren, sind sie gezwungen, andere Kleintiere wie Mäuse, kleine Hasen oder kranke und verletzte Tiere zu erlegen und zu fressen.

Deshalb versteckte sich Susi instinktiv und blieb danach ganz ruhig liegen um nicht von dem Fuchs entdeckt zu werden. Sonst hätte vielleicht schon zu diesem Zeitpunkt ihr letztes Stündlein geschlagen und sie wäre gen Himmel gefahren. Er gehörte nun mal zu den Fressfeinden, die ihr gefährlich werden konnten, solange sie noch ein kleines Rehkitz war.

Nach unendlich langer Zeit, Herzklopfen und bangen Minuten, die ihr wie Stunden vorkamen, entfernte sich der Fuchs und Susi konnte befreit aufatmen.

Nochmal Glück im Unglück gehabt und heil davongekommen......

Da Susi nun schon etwas älter war, unternahm sie mit ihrer Mutter Nancy auch schon kleinere Ausflüge in die nähere Umgebung. Das war alles sehr neu und aufregend für Susi. Besonders als sie eines Tages einer Wildschwein-Bache begegneten, die mit ihren sieben Frischlingen auf der Suche nach dem nächsten Schlammloch war, worin sie sich suhlen konnten. Das diente auch dazu, sich das lästige Ungeziefer vom Hals zu halten. Schließlich waren es Schweine, und die mussten ihrem Namen alle Ehre machen, genau wie ihre nahen Verwandten, die Hausschweine.

Mit einer Bache ist nicht zu spaßen, wenn sie Frischlinge hat, vor allem, wenn sie sich wie eine Horde wild gewordener Indianer durch Wald und Flur bewegen.

Susi und ihre Mutter, hörten das Geräusch von der Horde schon von weitem und begaben sich in ein nahes Gebüsch, um sich in Sicherheit zu bringen.

Das war heute mal wieder ein aufregender Tag für Susi und ihre Mutter, und sie machten sich auf den Heimweg in ihren Unterschlupf, um sich dort auszuruhen. Es war auch schon früher Abend und Zeit, sich für die Nacht zur Ruhe zu begeben. Und süße Träume....
Es war Sommer, und da begann auch für die Bauern die jährliche Heuernte. Das Gras war mittlerweile schon so gewachsen, dass man es abmähen konnte.
Das war eine sehr gefährliche Zeit für das heranwachsende Kitz. Beim Abmähen der Wiesen, worin sich die Rehkitze besonders gern aufhalten, ist es leider schon sehr oft vorgekommen, dass sie dabei dem Kitz die Beine abgemäht haben. Das Kitz konnte leider die herannahende Gefahr noch nicht schnell genug einschätzen. Im hohen Gras hatten die Bauern das Kitz völlig übersehen, und das bedeutete für das Rehkitz das Todesurteil. Jetzt war es leider leichte Beute für alle Raubtiere, die sich in Wald und Flur bewegten. Da musste der zuständige Förster eingreifen und das Kitz von seinen Schmerzen erlösen. Es hätte sowieso keine Überlebenschance gehabt.
Am nächsten Morgen strahlte die Sonne vom Himmel und Susi folgte ihrer Mutter beim Spaziergang durch den Wald. Als sie dann gutgelaunt nach einiger Zeit auf eine Lichtung, kamen und gerade ein Päuschen einlegen wollten, geschah es. Plötzlich hallte ein Schuss durch die Lichtung und sie rannten beide vor Schreck in verschiedene Richtungen.

Da die Nancy aber schneller war als ihr Kitz Susi und im Moment des Schreckens alle Vorsicht vergaß, übersah sie die Landstraße und das Auto, das gerade dort entlangfuhr. Sie konnte nicht mehr schnell genug die einmal eingeschlagene

Richtung ändern, wurde von dem Auto erfasst und überfahren.

Der Fahrer des Autos bekam bei dem Aufprall auch einen gehörigen Schreck. Er wusste in dem Augenblick noch nicht, was er überfahren hatte. Erst als er sich etwas erholt hatte, stieg er aus, ging um das Auto herum und sah den leblosen Körper des Rehs. Das machte ihn sehr betroffen, und er rief den zuständigen Förster an, damit er das Reh von der Straße entfernen konnte. Sein Auto hatte bei dem Unfall auch einigen Schaden davongetragen, doch das war ihm durch den Schrecken gar nicht so bewusst geworden und außerdem beglich den Schaden die Versicherung. Dass er ein Reh überfahren hatte, bedauerte er viel mehr, denn er war ein sehr tierlieber Mann.

Endlich traf der Förster ein und begutachtete den Unfall und fragte den Fahrer, ob er nicht vielleicht etwas zu schnell gefahren sei. Doch der verneinte und erzählte von dem Schuss, den er gehört hatte. Da war dem Förster völlig klar, dass das Tier panikartig vor das Auto gelaufen war. Doch er machte noch eine andere Entdeckung, als er sich das tote Reh näher ansah. Er sah an dem Euter des Rehs, dass es noch vor kurzem ein Kitz gesäugt hatte, also musste das auch irgendwo zu finden sein.

Nun machten sich beide auf die Suche nach dem vermissten Rehkitz. Es musste so schnell wie möglich gefunden werden, sonst hatte es keine Überlebenschancen. Es dauerte einige Zeit bis sie das Kitz entdeckten.

Es lag, am ganzen Körper zitternd, am Waldrand. Es konnte noch gar nicht begreifen, was geschehen war und schaute die zwei Männer ängstlich an. Der Förster nahm es mit gekonntem Griff hoch und brachte es zu seinem Wagen. Da auf der Lade-

fläche noch seine tote Mutter lag, konnte er das Kitz nicht dorthin bringen. Von dem Schock, seine Mutter tot zu sehen, hätte es sich bestimmt nicht so schnell erholt. Und das wollte man dem Rehkitz auf keinen Fall zumuten. Es war ohnehin schon zu bedauern, dass es nun ohne Mutter aufwachsen musste.
Doch der Förster hatte für alle Fälle vorgesorgt und hatte immer eine Tierbox im Auto stehen. Dort legte er das immer noch ganz verstörte und am ganzen Körper zitternde Kitz hinein, und dann brachten sie es zu dem Auto.

Der Mann, der das Reh unschuldig überfahren hatte, hatte sich nämlich bereit erklärt, das Tier bei sich auf dem Bauernhof aufzunehmen. Aber vorher fuhren sie noch bei einem Tierarzt vorbei, um zu sehen, ob mit dem Kitz alles gesundheitlich in Ordnung sei. Der Tierarzt konnte sie nach der gründlichen Untersuchung beruhigen, es hatte außer einem Schock keine weiteren Verletzungen davongetragen.
Leider hat sich das Kitz sehr verlassen und allein gefühlt, es vermisste sehr schnell seine Mutter und fing an zu wimmern. Es ließ sich auch nach vielen gutem Zureden und Streicheln nicht beruhigen. Und die Flasche mit Nahrung, in der sich die Ersatzmilch befand und die man ihm geben wollte, verweigerte es ganz. Das war sehr beunruhigend und es musste ganz schnell eine gute Lösung her, sonst drohte das Kitz verhungern oder zu verdursteten.
Auf dem Bauernhof, der dem Mann gehörte, lebten auch ganz viele Nutztiere wie Kühe,Schafe, Schweine, Gänse, Hühner und auch Enten.

Doch leider war kein anderes Reh da zu finden, das dem kleinen Kitz die Mutter ersetzen konnte. Das waren leider für das kleine Rehkitz ganz schlechte Aussichten.

Doch auf dem Hof gab es auch noch eine junge Schäferhündin,

die gerade auch vor einiger Zeit ihren ersten Nachwuchs bekommen hatte. Es waren insgesamt vier Welpen .

Doch nach sieben Wochen waren bis auf einen Rüden, den der
Bauer selbst behalten wollte, alle vermittelt und weggegeben
worden.

Obwohl die Welpen eine Promenaden-mischung waren. Da die
Hündin Senta auf dem Hof lebte und auch frei herumlaufen
konnte, ist das Malheur mit dem Nachwuchs halt passiert, da
sie leider nicht kastriert war. Die Antibabypille für Hunde war
zu der Zeit noch nicht der große Renner. Und somit war es vor-
bestimmt, dass zu gewissen Zeiten die Rüden Schlange standen, um vielleicht der nächste Papa von Sentas Nachwuchs zu
werden.

Sie brauchten sich ja um die Versorgung der Welpen keine Gedanken zu machen und Alimente brauchten sie auch keine be-
zahlen.

Nicht, wie es bei ihren menschlichen Kollegen üblich war,
wenn man die auserwählte Freundin, mit heranwachsendem
Kind im Bauch, plötzlich und unerwartet nicht mehr heiraten
wollte. Nur weil sie sich vor der Verantwortung drücken wollten. Das war bestimmt kein besonders feiner Zug von den Herren der Schöpfung und zur Nachahmung nicht empfohlen.

Die Hündin Senta war sehr traurig, dass sie ihr nun alle Welpen
weggenommen hatten, bis auf den kleinen Mento. Sie war eine
gute Hundemutter und ließ den Kleinen nicht mehr aus den Augen. Sie knurrte jedesmal, wenn sich ihnen einer aus der Familie näherte.

Sie hatte große Angst, dass man ihr den kleinen Mento auch
noch wegnahm. Doch ihre Sorge war unbegründet, der kleine
Mento sollte auf dem Hof bleiben. Er war aber auch so ein
kleiner Knuddelbär, so richtig zum Liebhaben.

Das hatten die Kinder, die auf dem Hof lebten, schnell erkannt.

Da die Senta, wie schon erwähnt, immer ohne Leine auf dem Hof gehalten wurde, war auch der kleine Mento nicht angeleint.

Der machte, nachdem er ein bisschen größer geworden war, schon auf eigene Faust seine Entdeckungstouren. Und es zog ihn neugierig, wie er nun mal war, immer wieder zu dem Stall hin, wo das Rehkitz untergebracht war. Die Tür aber war verschlossen und er konnte die Mauer, die zu dem Stall führte, nicht allein ohne Hilfe der Menschen überwinden. Seine Mutter Senta folgte ihm immer, wenn er mal wieder ausgebüchst war. So auch an diesem schönen sonnigen Tag.

Sie hörte plötzlich das Wimmern des Rehkitz, konnte sich nur nicht erklären, was es für ein Tier war, sie hatte es bisher noch nicht zu Gesicht bekommen. Neugierig geworden, wartete sie so lange in der Nähe des Stalls, bis einer von den Menschen, die auf dem Bauernhof lebten, den Stall öffnete, um nach dem Kitz zu sehen. Dann war ihre Zeit gekommen und sie schlich zu dem Lager im Stroh, wo das Kitz untergebracht war. Heimlich, gefolgt von dem kleinen Mento, der schon sehnlichst auf diese Gelegenheit gewartet hatte.

Als der Mann, der in diesem Augenblick den Stall betrat, bemerkte, dass die Senta und der kleine Mento ihm gefolgt waren, wollte er die Senta mitsamt ihrem kleinen Racker verscheuchen. Er war in großer Sorge um das kleine Rehkitz und wollte es nicht noch mehr verängstigen lassen.

Jedoch nach näherem Hinsehen glaubte er seinen Augen nicht zu trauen, als er sah, dass die Senta zu dem kleinen Rehkitz ging und es hingebungsvoll ableckte.

Das hörte ab diesem Moment augenblicklich auf zu wimmern, was mehr wie ein Pfeifen klang, und versuchte auch gleich bei der Hündin an die Zitzen zu gelangen, um zu trinken. Und die

Senta ließ es zu, dass sich das Rehkitz bei ihr satt trinken konnte.

Da der Mento aber ein kleiner Spitzbube war, betrachtete er die Milchbar der Mutter als sein alleiniges Eigentum. Er versuchte aus Fressgier und Eifersucht, das Rehkitz von seiner Mutter abzudrängen. Die Senta ließ das aber nicht zu, knuffte ihren Mento in die Seite und knurrte ihn böse an. Was war denn nur in seine Mutter gefahren, dass er plötzlich nicht mehr an allererster Stelle stand? Er war total aus dem Häuschen und wusste eigentlich gar nicht, wie er damit umgehen sollte. Da beschloss er, sich erst mal mit dem Rehkitz zu arrangieren, um seine Mutter nicht noch mehr zu reizen.

„Vorsicht heißt bekanntlich die Mutter der Porzellankiste, wie das alte Sprichwort besagt !"
Er änderte seine Taktik, und plötzlich spielten der kleine Mento und das Kitz Susi miteinander, obwohl Mento schon von Natur aus etwas ruppig war. Der Mento hatte erkannt, dass die Susi vielleicht in Zukunft seine Spielkameradin werden könnte.

Und so unterschiedlich Hunde und Reh auch waren, sie hatten eine etwas ungewöhnliche Freundschaft geschlossen. Die Senta hatte das Rehkitz als Amme angenommen. Und das fanden alle Familienmitglieder, die auf dem Hof lebten, sehr schön und ungewöhnlich. Als sie für diesen Tag den Stall verließen, waren alle froh und glücklich über die Rettung der kleinen Susi.

Und die Senta bekam einen riesengroßen Hundeknochen als Belohnung überreicht. Wie es bei Hunden an der Tagesordnung ist, wurde der erst mal auf dem Grundstück verbuddelt, leider inmitten des von der Bäuerin schön angelegten Blumenbeetes. Zum Glück hat sie es diesmal nicht gesehen, sonst hätte es mit Sicherheit gleich wieder ein Donnerwetter gegeben.

Glück gehabt...

Von nun an ging es mit der kleinen Susi aufwärts, denn die Senta hatte sie als ihr Kind angenommen. Mit der Zeit gewöhnte sie sich auch an die neue Umgebung und sie durfte auch schon mal in den eingezäunten Garten hinterm Haus, um sich da am Gras satt zu fressen, das mittlerweile, da sie nun schon feste Nahrung zu sich nehmen konnte, auch auf ihrem Speiseplan stand. Sie brauchte außerdem auch ein bisschen Auslauf, um sich da ein wenig die Füße zu vertreten und sich auszutoben.

Immer in der Nähe hielten sich Senta und Mento auf, um sie zu bewachen, damit Susi nichts passierte.

Sie war inzwischen schon ganz schön gewachsen und sehr viel mutiger geworden. In dem Garten, wo sie sich auch aufhielt, waren auch Schafe, die da weideten. Sie versuchte immer mit den kleinen Lämmchen zu spielen, die hatten aber Angst vor ihr und liefen in die andere Ecke des Gartens. Das konnte sie gar nicht verstehen, Susi wollte doch nur spielen. Als sie noch mal einen Versuch wagte, kam eines der Mutterschafe und hat ihr deutlich zu verstehen gegeben, dass sie die Lämmchen in Ruhe lassen sollte. *So ein Spaßverderber!*

Senta hatte das ganze Schauspiel angesehen und bellte die Schafe an. Und der kleine Mento stimmte kläglich mit ein. Denn er war noch zu jung, um laut zu bellen. Schade eigentlich, wo er gerade so gut drauf war.

Mento konnte die Schafe einfach nicht ausstehen.

Den ganzen lieben langen Tag blökten sie, und das nervte ihn gewaltig. Zum Schäferhund war er nicht geboren, das lag ihm nicht im Blut.

Da hatten die Gene seines Vaters doch Überhand genommen. der war nämlich ein stolzer **Rottweiler** und gehörte zum nächstgelegenen Bauernhof.

Am nächsten Tag kam sie in eine andere Weide. Dort gab es saftigen Löwenzahn, den sie so gerne fraß. Außerdem waren es diesmal Kühe, die ihr Gesellschaft leisteten. Doch mit denen konnte man auch nicht spielen, die waren total langweilig. Die standen nur den ganzen Tag auf der Weide herum und kauten stundenlang auf dem Gras, was sie gefressen hatten.

Zwischendrin blökten sie auch mal sehr laut, das nicht gerade zur Erheiterung bei Susi diente.

Jetzt reichte es ihr mit dieser langweiligen Gesellschaft und sie beschloss, sich zu verdrücken. In der Nähe hatte sie den Wald entdeckt, und der zog sie magisch an. Schemenhaft kam die Erinnerung, dass sie da schon mal gewesen war und auch wieder dahin gehörte.

Sie wagte einen Hechtsprung über den Elektrozaun und hat es, zu ihrer eigenen Verwunderung, tatsächlich geschafft, ihn zu überwinden. Jetzt bloß schnell weg, bevor sie erwischt wurde! Doch in dem Wald war es ihr auf einmal doch etwas mulmig zu Mute. Sie konnte sich auch nicht richtig orientieren und hat sich ganz schrecklich verirrt. O je, was sollte sie nun tun? Ihr kleines Herz klopfte ihr bis zum Hals und sie hatte auf einmal schreckliche Angst.

Was für ein Glück, Senta hatte sie weglaufen sehen und war ihr gefolgt.

Sie mussten sich aber ganz toll beeilen, um wieder aus dem Wald zu kommen, bevor sie der Förster erwischte.

Der kannte keinen Spaß und schoss jeden Hund ab, den er im Wald sichtete, in der Annahme, dass er wildern wollte. Also, los ging es, im Galopp nach Haus zurück. Ein Glück, dass Senta den Weg zurück bestens kannte, da sie selbst gern mal jagen würde und schon des öfteren mal einen Blick in den nahen Wald geworfen hatte. Doch das hatte der Bauer der Senta strikt verboten. Verbote waren allerdings besonders reizvoll, wenn man sie nicht beachtete oder sogar das Gegenteil machte.

Nur erwischen lassen durfte man sich nicht, sonst gab es Strafe.

Entweder man wurde an die Leine gelegt oder mit Nichtachtung gestraft. Und das mochte die Senta gar nicht, bei ihrem angeborenen Freiheitsdrang. Von den Streicheleinheiten, die man sonst bekam, mal ganz abgesehen.

Den Wald kannte sie aus ihrer eigenen Jugend.

Da hatte sie es mal gewagt, einen Feldhasen zu jagen, der sich auf ihrem Grundstück aufgehalten hatte. Doch das fand ihr Besitzer nicht so toll und war Hund und Hase bis zum Wald gefolgt.

Doch die Senta war schneller und hat den Hasen erwischt und in den Hasenhimmel befördert. Au weh, da gab es Schelte und sie wurde kurzer Hand für zwei Tage an die Leine gelegt. Das war ihr dann eine Lehre und sie hat es nicht wieder versucht. Zumindest hat sie sich nicht mehr dabei erwischen lassen.

Schlaues Hundemädchen...

Als die Senta noch jünger war und noch keinen Nachwuchs hatte, waren auf dem Hof zwei Kinder, die zu dem Bauern und seiner Frau gehörten. Denen machte es besonders Spaß, öfters mit Senta spazieren zu gehen und mit ihr zu spielen.

Sie hatten einen Ball und einen Stock mitgenommen, um ihn wegzuwerfen, damit Senta ihn wieder zurückbringen konnte.

Das machte sie auch sehr gern, nur den Kindern wurde das Spiel mit der Zeit langweilig. Deshalb beschlossen sie noch am selben Tag, etwas anderes zu machen. Sie versuchten, Senta in einen Trog mit Wasser zu steckten und sie zu baden. Sie seiften sie auch gleich ein, doch das hätten sie lieber lassen sollen.

Senta wehrte sich mit aller Kraft, und hinterher waren die Kinder eingeseift und pitschenass. Und der Hund hatte sich ganz schnell aus dem Staub gemacht und war in den nahen Bach gelaufen, um sich die Seife aus dem Fell zu spülen.

Der Waschtag wurde in Zukunft gestrichen, obwohl Senta keineswegs wasserscheu war.

„ Nur das mit der Seife war irgendwie nicht ihr Ding."

Ansonsten war die Senta ein ganz lieber und treuer Hund und bewachte seine Besitzer bei Tag und Nacht. Nur wenn die jungen Leute mal ausgegangen waren und einen über den Durst getrunken hatten, war sie immer etwas zickig und knurrte sie an. Sie mochte es einfach nicht, wenn sie eine Alkoholfahne hatten und sie mit lallender Stimme ansprachen. Da war sie eigen.

Und da der Hof außerhalb des Ortes lag, wurde die Post immer mit dem gelben Post- Auto gebracht. Irgendwie mochte sie das Auto nicht leiden, oder aber die Postbotin. Jedenfalls machte sie immer einen Aufstand, wenn sie es zu Gesicht bekam. Dann wurde sie immer so lange an die Leine gelegt, bis sich das Auto wieder entfernt hatte. *„Vorsichtshalber."*

Wie das Leben dennoch manchmal so spielt, auch ein Hund wird mal erwachsen, und nun ist sie schon selbst Mutter, von dem kleinen Mento, der sich mittlerweile zu einem kleinen Rowdy entwickelt hat und nur Blödsinn im Kopf hat.

Und sie hat auch noch die Verantwortung für das kleine Kitz Susi übernommen, auch schon seinen eigenen Kopf hat und allerhand Unsinn anstellt.

Die Senta ist schon eine ganz liebe und treue Seele, und man kann sich glücklich schätzen, sie als Freund zu haben. Das wissen auch alle zu würdigen und mögen sie sehr, besonders Susi, die der Hündin ihr Leben verdankt. Und auch der kleine Mento, dem sie eine besonders gute Mutter ist, bis er alt genug ist und seine eigenen Wege geht.

So verging die Zeit, und aus der ehemals kleinen Susi war ein stattliches ausgewachsenes Reh geworden. Sie spielte auch nicht mehr so oft mit dem Mento, denn der war auch schon ein erwachsener Rüde geworden und hatte andere Interessen.

So lief er zum Beispiel der im nahen Dorf lebenden Damenwelt nach. Ganz zum Missfallen von deren Besitzern, die ihn auch schon mal zum Teufel jagten. Aber so schnell ließ er sich nicht ins Bockshorn jagen und versuchte es immer wieder, bis er seine Liebste von Seinesgleichen überzeugt hatte. Er hatte eben sehr viel von seinem Vater geerbt, nicht nur das schwarze Fell und die kräftige Statur...

Auch die Susi sehnte sich immer mehr danach, eine eigene kleine Familie zu haben. Das war jedoch etwas schwierig. Dafür müsste sie wieder in den Wald gehen, um nach anderen Rehen Ausschau zu halten. Und da sie mit der Hand aufgezogen worden ist, war es ein großes Wagnis, denn sie wusste nicht, ob die anderen Rehe, die im Wald lebten, sie akzeptieren würden. Das konnte sie aber nur herausfinden, wenn sie den Schritt wagte. Da kam ihr eines Tages der Zufall zur Hilfe.

Am späten Nachmittag des darauf folgendes Tages, äste eine Gruppe Rehe auf der Wiese, die auch dem Bauern gehörte, bei dem sie aufgewachsen war. Sie aber traute sich noch nicht, sich der Gruppe anzuschließen, dafür brauchte sie noch etwas Mut. Und nach einiger Zeit waren die Rehe wieder im Wald verschwunden, ohne Susi bemerkt zu haben.

Sie begab sich nun beinahe täglich zu der Stelle, wo sie die Rehe gesichtet hatte. An manchen Tagen kamen sie und manchmal auch nicht.

So verging etwa eine Woche, und noch immer hatte sich Susi der Gruppe nicht genähert.

Plötzlich hörte sie ein ihr unbekanntes Geräusch näher kommen. Sie wusste in dem Augenblick noch nicht, was es sein könnte; dass es für sie eine Gefahr bedeutete, das spürte sie instinktiv. In dem Moment drehte sie sich um und blickte geradewegs in die stechenden Augen eines Adlers.
Sie erschrak so fürchterlich dass sie voller Panik, in die Richtung der Rehe gesprungen ist. Die waren auch schon ein wenig unruhig geworden und starrten Susi entsetzt an. Na, das war nicht gerade der Empfang, den sie sich gewünscht hatte.

Es war ein Anfang, wenn auch ein etwas holpriger und ungewöhnlicher. So trottete sie für heute wieder nach Hause zurück. In der Nacht träumte sie davon, in dieser Gruppe aufgenommen worden zu sein. Doch als der neue Tag anbrach, war alles nur ein Wunschtraum und keine Wirklichkeit.

Am nächsten Tag fasste sie ihren ganzen Mut zusammen und näherte sich langsam den Rehen. Sie dachte; jetzt oder nie! Und sie wagte den Versuch. Heute waren die Rehe etwas zugänglicher und haben sie näher kommen lassen.

Die älteren Rehe haben sie eingekreist und beschnuppert, was nicht gerade dazu beigetragen hat, sich da besonders wohl zu fühlen. Doch da musste sie nun durch, wenn sie von der Gruppe akzeptiert werden wollte. Und nach einigen bangen Minuten hatte Susi die Mutprobe bestanden, Die anderen Rehe hatten das Interesse an der Neuen verloren. Bis auf einen Rehbock, der ein Auge auf Susi geworfen hatte. Von dem Tag an gingen der Rehbock und Susi ihren Weg ein Stück gemeinsam.
Und wenn sie nicht gestorben ist, lebt sie noch heute einträchtig mit der Gruppe zusammen und hat vielleicht auch eine Familie gegründet, mit eigenen kleinen Rehkitzen, die dann hoffentlich zusammen mit der Mutter aufwachsen können, ohne

dass wieder so ein Unglück passiert.....

Der traurige Clown Paulino

4. Kurzgeschichte

Ursprünglich kamen seine Vorfahren aus Sizilien, in Italien. Aber da es dort in den sechziger Jahren sehr wenig Arbeit gab, ist der Mann mit dem schönen Namen Fabrizio nach Deutschland gegangen, um dort als Gastarbeiter zu arbeiten, um seine Familie in der Heimat ernähren zu können. Seine junge schwangere Frau Theresa und seine Eltern sind in Sizilien zurück geblieben.

Es waren eher arme Leute, die sich mit einer kleinen Landwirtschaft über Wasser hielten, die sehr beschwerlich zu bewältigen war, da das Land dort sehr felsig und steil ist. Sie hatten ein paar Kühe, Schafe, Ziegen, Hühner und einen Esel. Der Letztere war unter anderem dafür da, Lasten zu befördern. Leider hatte Maximo, so hieß der Esel, so seine Macken. Wenn er keine Lust hatte, rührte er sich nicht vom Fleck. Da half weder Schimpfen, noch gutes Zureden etwas. Auch mit leckerem Futter konnte man ihn nicht überlisten, man musste halt so lange warten, bis er sich erweichen ließ.
Und das konnte dauern und dauern.....
Er brachte damit seinen Großvater regelmäßig zur Verzweiflung.
Doch wie heißt es so schön im Volksmund

‹‹ Sturer Esel ››

Mit der Zeit aber reichte das, was man an Erträgen aus der Landwirtschaft gewann, nicht mehr für alle Familienmitglieder aus. Der Mann mit Namen Fabrizio reiste nach Deutschland um seine Familie in Sizilien, mit dem dort verdienten Geld, wie schon erwähnt, zu unterstützen.
Irgendwann, als er sich in Deuschland mit ganz viel Arbeit und gutem Lohn eine neue Existenz aufgebaut hatte, holte er seine Frau Theresa und seinen inzwischen geborenen Sohn Alberto nach.
Er hatte seinen Sohn bisher nur auf Fotos gesehen, die ihm sei-

ne Frau Theresa aus Sizilien geschickt hatte.

Er war sehr glücklich, beide endlich in seine Arme schließen zu können.

Die lange Zeit der Einsamkeit hatte nun ein glückliches Ende gefunden.

Sie suchten sich gemeinsam eine kleine Wohnung, in Dohrenbach, in der Nähe von Witzenhausen.

Am Anfang fiel es ihnen schwer, sich in dem neuen Land einzuleben. Es war eine ganz andere Kultur, eine andere Sprache und es war halt kein südliches Land, wo meistens die Sonne scheint. Mit der Zeit aber lernten sie die Sprache und auch mit dem manchmal sehr rauen Klima in der neuen Heimat umzugehen. Sie wurden auch von den deutschen Nachbarn akzeptiert. Das war keineswegs die Regel in Deutschland. Die immer zahlreicher werdenden Gastarbeiter waren mit der Zeit bei den Leuten nicht mehr so gern gesehen. Nach deren Meinung nahmen sie den deutschen Arbeitern die vorher gut bezahlten Jobs weg, weil sie auch für weniger Lohn dieselbe Arbeit machten.

Um zu dem Lebensunterhalt ein wenig beizutragen, putzte Theresa bei einer gut situierten Lehrerfamilie. Das tat sie immer, wenn ihr Mann Fabrizio von der Arbeit nach Hause kam, damit er dann auf Alberto aufpassen konnte. Er war noch zu klein, dass er allein zu Hause bleiben konnte. Ihre Arbeitgeber waren sehr nette Leute, doch sie verlangten auch dafür gute Arbeit. Und die war sehr anstrengend. Sie musste sich immer sputen, um das von ihr verlangte Arbeitspensum zu schaffen.

Die Jahre vergingen, und Alberto war in der Zwischenzeit zu einen stattlichen Jungen von 12 Jahren herangewachsen. In der Stadt gastierte ein kleiner Cirkus und er durfte mit seiner Mutter zu einer Vorstellung gehen.

Diese ganz eigene Welt faszinierte ihn von Anfang an. Und als die Vorstellung vorbei war, klatschte er begeistert Beifall, ebenso wie seine Mutter. Doch bei ihm hatte dieses Erlebnis einen bleibenden Eindruck hinterlassen. Er hatte den festen Entschluss gefasst, auch zum Circus zu gehen. Hiermit stand sein Berufswunsch fest, und nichts und niemand konnte ihn vom Gegenteil überzeugen, obwohl er noch so jung war.

Er wollte auch lernen, wie die Artisten auf dem Seil zu balancieren. Davon waren seine Eltern aber nicht besonders begeistert. Sie versuchten, es ihm mit allen Mitteln auszu= reden. Sie sagten ihm, das wäre eine brotlose Kunst, und der Vater suchte erst mal für ihn eine Lehrstelle. Inzwischen hatte Alberto mit 14 Jahren die Schulzeit hinter sich gebracht und sollte, nach dem Willen seines Vaters, als **Bäckerlehrling** bei der Bäckerei in der nächsten Querstraße anfangen.

Das tat er jedoch nicht, sondern packte heimlich seinen Koffer, um bei Nacht und Nebel seine elterliche Wohnung zu verlassen. Geld besaß er auch nicht viel, nur was sein Sparschwein so hergab. Noch ein paar Lebensmittel hatte er aus dem Kühlschrank seiner Mutter stibitzt, um sich für die ersten Tage selbst zu versorgen. Er war sich zu diesem Zeitpunkt noch nicht im Klaren, auf was er sich da eingelassen hatte.

In Kassel gastierte zu der Zeit ein großer Cirkus mit Namen Barum. Dorthin wollte er gehen, um sich zu bewerben. Doch wie sollte er dort hinkommen, mit dem bisschen Geld, das er besaß.

Er machte es wie die Handwerksburschen, die von einem Ort zum anderen zogen. Nur dass die immer wieder bei einem Handwerksbetrieb einkehren konnten, um zu arbeiten und damit freie Kost und Logis zu erhalten.

Das war ihm leider nicht vergönnt, er musste auf Schusters Rappen weiter ziehen, ohne einzukehren, dazu hatte er kein

Geld übrig.

Zum Übernachten suchte er sich meistens bei den umliegenden Bauern eine Scheune. Obgleich er das heimlich machen musste, machte es ihm Spaß, auf Stroh oder Heu zu schlafen. In der Nacht, wenn alle schliefen, schlich er sich in den Garten, um sich ein paar Möhren oder Kohlrabi zu holen. Oder er stieg auf den Apfelbaum und aß sich an den saftigen roten Äpfeln satt. Sein Magen verlangte schließlich nach Nahrung, und seine mitgebrachten Vorräte aus Mutters Kühlschrank waren mittlerweile fast aufgebraucht . So schwer hatte er sich den Start in ein neues Leben nicht vorgestellt. Doch von seinem Plan, zum Circus zu gehen, ließ er nicht ab.

Manchmal hatte er Glück, und ein Fahrer eines Autos nahm ihn ein Stück mit. Doch es war noch ein weiter Weg bis zum ersehnten Ziel. Deshalb musste er sich auch sputen, denn der Circus gastierte ja nicht ewig in Kassel. In Laudenbach angekommen, nahm er sein letztes Geld, um sich am Schalter des Bahnhofes eine Fahrkarte zu kaufen. Der Zug fuhr dann bis zum Hauptbahnhof in Kassel, dort musste er aussteigen und die letzte Strecke bis zum Standort des gastierenden Circus zu laufen. Das machte ihm nicht so viel aus, er war ja noch jung und sehr sportlich.

Endlich hatte er sein Ziel erreicht und ist in Kassel bei dem Circus angekommen. Er nahm all seinen Mut zusammen und versuchte, zu dem Cirkusdirektor vorzudringen. Das war leider nicht so einfach, wie er sich das vorgestellt hatte. Denn die anderen Artisten versuchten ihn ganz schnell abzuwimmeln.

Mit der Begründung, er wäre noch viel zu jung und dass er ja gar keine Ahnung vom Leben und Arbeiten in einem Circus hätte.

Um dort beruflich voranzukommen, müsste man eigentlich von klein auf dabei oder dort hineingeboren sein. Dieses Leben, von einem Ort zum nächsten zu ziehen und nur einen beengten Wohnwagen zum Schlafen zu haben, ist etwas anderes als zu Haus bei Muttern die Füße unter den Tisch zu stecken. Am Anfang einer Karriere im Circus ist man nur ein kleines Licht und einer von vielen. Um Erfolg zu haben, muss man hart trainieren und mit vielen Entbehrungen leben. Und man muss sich von der Menge abheben und etwas besonderes anbieten. Denn nicht alle Artisten, die da leben, haben den Durchbruch jemals erreicht, den sie sich erhofft haben.

Alberto ließ sich jedoch von den Sprüchen der anderen nicht entmutigen. Er war nach wie vor fest entschlossen, sein selbst gestecktes Ziel zu erreichen. Er wollte mit aller Gewalt erst mal bis zum Direktor vordringen um ihm seinen Wunsch, Seiltänzer zu werden, vorzutragen. Und dann kam ihm der Zufall zur Hilfe. Er traf dort ein kleines Mädchen von etwa zwölf Jahren, das mit Namen Luzia hieß und sehr nett zu ihm war. Sie war ein bildschönes schwarzhaariges Mädchen, und gut durchtrainiert war sie auch. Er fragte sie, ob sie ihm den Wagen von dem Circusdirektor zeigen könnte. Daraufhin antwortete sie ihm, dass das ihr Vater wäre und er sollte mitkommen. Dort angekommen, gingen sie beide in den Wohnwagen, der mit dem Schild

« Büro des Direktors » ausgewiesen war. Gerade wollte ihn der Mut verlassen, doch der Direktor, der gerade auf den Weg nach draußen war, schien sehr nett und fragte ihn, was er für ein Anliegen hätte.

Alberto hatte nur diese eine Chance und die galt es jetzt zu nutzen.

Er sagte zu ihm, dass er sich ihrem Circus anschließen wollte, um das Handwerk des Seiltänzers zu erlernen. Der Direktor schaute ihn etwas skeptisch an und fragte, ob er sich das auch gut überlegt hätte. Außer freie Kost und Unterkunft in einem der Wohnwagen würde er in der Ausbildung nur sehr wenig verdienen. Aus voller Überzeugung sagte Alberto zu ihm, dass das sein Traumberuf wäre und dass er schon immer zum Circus wollte. Das hat letztendlich dazu geführt, dass Alberto von nun an in der Gruppe aufgenommen wurde.

Puh, geschafft...

Leider musste er in seiner meistens harten und anstrengenden Ausbildung nicht nur für das Seil tanzen üben, sondern auch bei anderen Tätigkeiten kräftig mit anfassen. Dazu gehörte auch, sich um die Tiere im Circus zu kümmern, um sie zu füttern oder das Gehege auszumisten. Es kam aber noch schlimmer; Alberto musste auch beim Aufstellen des riesigen Circuszeltes helfen. Das war eine sehr harte und schweißtreibende Arbeit, doch wenn er in die Gemeinschaft als gleichwertiger Mensch und Artist aufgenommen werden wollte, musste er sich anpassen.

Nach einiger Zeit hatte er sich gut eingelebt, nur der fehlende Kontakt zu seinen Eltern machte ihm zu schaffen. Er hatte doch sehr viel Heimweh, vor allem, wenn er abends nach der Vorstellung allein in seinem Bett lag und grübelte, ob er wohl mit seinem ausgewählten Beruf den richtigen Weg eingeschlagen hatte. Darauf bekam er leider von niemandem eine Antwort, das konnte er sich nur selbst beantworten. Mittlerweile war der Circus auch schon weiter gezogen und war in Düsseldorf angekommen.

Mit der Tochter des Direktors verband ihn mittlerweile eine innige Freundschaft und er konnte ihr alle seine Sorgen und Nöte anvertrauen. Sie war so ein lustiger und positiv denkender Mensch, der ihn immer wieder aus seinen seelischen Tiefs holte. Lucia hatte beim Circus die Aufgabe, Ponys zu trainieren, um bei der Vorstellung kleine Kunststücke mit ihnen vorzuführen . Sie war darin perfekt, sie hatte es ja auch von klein auf eingeübt. Er bewunderte sie sehr dafür. Sie war halt, im Gegensatz zu ihm, ein richtiges Circuskind.

Währenddessen machte er auch schon Fortschritte auf dem Hochseil, er war darin auch besonders talentiert. Er musste dabei nur absolut schwindelfrei sein. Bei der Nachmittags= vorstellung, dufte er schon ein paar kleinere Kunststücke vorführen. Und das anwesende Publikum klatschte dann sogar heftig Beifall. Damit stieg sein Selbstvertrauen und er kletterte die Erfolgsleiter schon ein wenig höher und traute sich immer etwas mehr zu.

Alberto hatte auch beim Direktor einen Stein im Brett, weil er hart trainierte und sein Bestes gab. Der Direktor hatte auch nichts dagegen, dass Alberto sich mit seiner Tochter Lucia immer öfter traf, auch in dem großen Wohnwagen, wo die Familie des Direktors wohnte. Mit der Zeit entwickelte sich bei den jungen Leuten aus Freundschaft die große Liebe. Es waren auch schon wieder drei Jahre vergangen. Dennoch waren sie beide doch noch ein wenig zu jung, um eine eigene Familie zu gründen.

Zwei Jahre später erfüllte sich dann ihr sehnlichster Wunsch und sie feierten eine große Hochzeit, mit vielen geladenen Gästen. Mit seinen Eltern hatte sich Alberto mittlerweile auch wieder versöhnt, und sie nahmen auch an der Hochzeit teil.

Damit gingen all seine Wünsche in Erfüllung. Er war sogar mittlerweile auch der große Star auf dem Hochseil und konnte nun auch eine eigene kleine Familie gründen und ernähren. Nach nicht allzu langer Zeit kündigte sich Nachwuchs an und sie freuten sich riesig. Dann nach unendlichen neun Monaten, wurde der kleine *Paulino* geboren. Er war gesund und munter und die Eltern waren ganz besonders stolz auf ihr erstes Baby.

So nahm alles seinen geregelten Lauf. Nach einigen Monaten und vielen durchwachten Nächten wurde der kleine Junge feierlich auf den Namen Paulino getauft. Das wurde dann auch mit Bekannten, Freunden und der Familie gebührend gefeiert. Aber danach musste man leider wieder zum alten und gewohnten Trott übergehen. Sie lebten ja im Circus und jeder musste seiner Arbeit nachgehen, sonst verdienten sie kein Geld.

Am Morgen musste dann für die Nachmittagsvorstellung geübt und trainiert werden. Francesco, der ältere Bruder seiner Frau, musste seine Löwen dazu bringen, dass sie bei der Vorstellung auf seine Kommandos hörten. Das war ein gefährlicher Job. Die Löwen waren schließlich keine Kuscheltiere, sondern Raubtiere, die ihm auch gefährlich werden konnten, wenn er sie nur eine Sekunde aus den Augen ließe und unachtsam wäre. Er aber war ein Profi, denn er hatte die Löwen schon als Babys mit der Flasche aufgezogen und kannte ihre ganzen Eigenheiten und Macken. Doch sie waren Raubtiere und unberechenbar.
Salvatore und Sofia, die anderen Geschwister seiner Frau, übten derweil auf dem Trapez eine neue Nummer ein. Bis jetzt hatten sie noch ein Netz, das sie auffangen konnte. Doch bei der eigentlichen Vorstellung wurde das entfernt, um die Spannung für die Besucher zu erhöhen.

Da musste jeder einzelne Handgriff sitzen und sie mussten sich blind aufeinander verlassen können.
Peppino, der Bruder des Direktors, verfeinerte derweil seine Dressur mit seinen Kamelen. Seine zwei Kinder übten beim Reiten mit ihren Ponys einige neue Figuren ein.

Der junge Vater Peppino stand aber ganz allein auf dem Hochseil, weil seine Partnerin, die Mutter des kleinen Paulino, zur Zeit in Mutterschaftsurlaub war. Einer musste sich ja um den kleinen Paulino kümmern. Am Nachmittag fand dann die erste Vorstellung für diesen Tag statt und mit allen Artisten, Dompteuren und auch den Clowns. Es wurde wieder mal eine gelungene Vorstellung und die Besucher klatschten tosend Beifall.

Beifall von den Besuchern war für alle Artisten, die bei den Vorstellungen mitwirkten, der höchste Lohn. Ohne die Begeisterung der Zuschauer und Fans wären sie ein Nichts gewesen. Aber zum Glück standen alle voll hinter ihrer Aufgabe und das Zelt war bei fast jeder Vorstellung ausverkauft.

Nach zwei Wochen zog der Circus weiter in eine andere Stadt . Dort musste dann alles wieder aufgebaut werden, was vorher abgebaut wurde. Es war ein ständiges Auf und ab und man wurde nirgends richtig heimisch. Aber so ist das nun mal beim Wandercircus, ein richtiges Zigeunerleben. Und dafür muss man am besten beim Circus geboren sein. Sowie der kleine Paulino, der in der Zwischenzeit auch schon ein ganzes Stück gewachsen ist.

Mittlerweile sind auch schon etliche Jahre ins Land gegangen. Jetzt ist aus dem kleinen Paulino schon ein Junge von sechs Jahren geworden. Und er hat sich dafür entschieden, mal ein **Clown** zu werden. Schon als er noch kleiner war, hat er sich immer die Schminke von dem großen Clown genommen, um sich zu schminken. Und im Faxen machen war er schon von klein auf Spitzenklasse. So ein richtiger Pausenclown also. Da blieb es nicht aus, dass er sich für diesen Berufszweig entschied. Nur wenn man im Circus den Pausenclown machte, musste man richtig gut sein, um Karriere zu machen.
„Und das gelang nur ganz wenigen von Seinesgleichen."

Deshalb musste Paulino auch ganz viel üben, um der Beste zu werden. Und das tat er auch, er war mit so viel Ehrgeiz und Elan dabei, dass es Spaß machte, ihm zuzuschauen. Er konnte sich auch schon ganz allein die Schminke auflegen, obwohl das nicht so einfach war. Seine Tante Sofia half ihm immer noch ein bisschen dabei, um die Feinheiten zu verbessern.

Zuerst wurde das Gesicht weiß geschminkt, dann setzte er sich den schönen grellroten Hut auf den Kopf und zum Schluss zog er sich sein Glitzeroutfit an. Das bestand aus einer weiten Pumphose, einem Glitzerhemd mit karierter Fliege, sowie einer schwarzen Weste. Er sah darin ziemlich schnuckelig aus. Nur an der Auswahl seiner Schuhe musste er noch arbeiten. Die waren ganz plump und mindestens drei Nummern zu groß. Ach, und eine rote Knubbelnase bekam er auch noch. Die Zuschauer sollten ja schon bei seinem bloßen Anblick anfangen zu lachen. *Und das taten sie auch*.

Es waren nun schon wieder ein paar Jahre ins Land gegangen und aus dem ehemals kleinen Clown Paulino war ein ernst zu nehmender junger Mann geworden.

Und er hatte an seiner Karriere als Clown auch hart gearbeitet und er hatte sich damit, über die Grenzen Deutschlands hinaus, einen Namen gemacht. Auf Grund dessen wurde er auch von anderen Circussen gebucht. Er verdiente dabei viel Geld, seine Auftritte waren frech, stilvoll mit sehr vielen humoristischen Einlagen. Die Besucher reagierten bei seinen Auftritten meist mit schallendem Gelächter, so dass ihnen die Tränen übers Gesicht liefen, oder sie hielten sich Ihren Bauch vor lauter Lachen, weil er davon schon weh tat.

Eines Tages gastierte er mit einem Circus in Polen. Da sah er sie zum ersten mal. Sie war bezaubernd schön anzusehen, in ihrem kurzen Höschen, den Lackstiefeln und dem knappen Etwas, das sich Oberteil nennt. Man konnte gleich sehen, sie hatte eine super Figur. Paulino konnte sich an ihr nicht satt sehen. Da aber ihr Auftritt in wenigen Minuten begann, trat sie in die Manege. Sie war eine Jongleurin, die mit Keulen, Bällen und brennenden Fackeln ihren Auftritt bestritt. Und darin war sie einsame Spitze. Wer ihr zuschaute, konnte gar nicht glauben, was sie da ganz allein machte. Die Schnelligkeit, mit der sie das machte, war atemberaubend. Die Besucher schmolzen bei ihrer Aufführung nur so dahin und Paulino erst recht. **Dieses Mädchen musste er unbedingt noch heute kennen lernen.**

Ihr Auftritt war nach etwa zehn Minuten beendet. Und nun hatte Paulino die Gelegenheit, sie anzusprechen. Er gratulierte ihr zu dem gelungenen Auftritt und machte ihr auch gleich ein ganz tolles Kompliment; Er hätte noch nie ein so schönes Mädchen gesehen. Sie bedankte sich leicht errötend und lächelte ihn an. Wie er so nah bei ihr stand, sah er ihre wahre Schönheit erst richtig.

Blauschwarze lange Haare, einen Schmollmund und eine klassische Nase waren ihre besonderen Merkmale. Elisabetha, so hieß die Schöne, sah aus wie eine feurige Spanierin. Paulino war hin und weg und flirtete, was das Zeug hält. Sie war anscheinend auch von ihm angetan, denn sie ging auf sein Flirten ein. Und auch seine Einladung für den nächsten Abend, nach der Vorstellung mit ihm zum Essen zu gehen, nahm sie gerne an.

Sie gingen dann auch in ein ganz exklusives Lokal zum Essen. Sie verstanden sich auf Anhieb und plauderten über ihr bisheriges Leben und was für Pläne sie noch für die Zukunft hätten. Nach dem Essen gingen sie noch in eine kleine Tanzbar um ein Glas Wein zu trinken, und zu den Klängen der langsamen Musik tanzten sie eng umschlungen. Leider wurde es nun Zeit, den gemeinsamen Heimweg anzutreten. Er brachte sie noch bis zur Tür ihres Wohnwagens und verabschiedete sich noch von ihr, mit einem kleinen Kuss auf die Wange.

In dieser Nacht, träumten beide noch voneinander. Paulino hatte sich schon bis über beide Ohren in Elisabetha verknallt. Ihr erging es ebenso, doch sie wollten die Sache erst mal langsam angehen, um sich richtig kennen zu lernen. *Auch* **Liebe braucht Zeit, und die muss man sich nehmen.**

Sie trafen sich nun des öfteren, so wie es ihre Zeit erlaubte. Leider mussten sie sich nach drei Wochen schon wieder trennen. Elisabetha zog mit dem Circus in eine andere Stadt weiter und Paulino hatte auch bei einem anderen Circus ein Engagement. Sie telefonierten so oft es ging und sie bekam mindestens einmal pro Woche rote Rosen, von Paulino geschickt, die er über ein Blumengeschäft versenden ließ.

Bevor sie sich verabschiedeten, hatten sich beide ihre Liebe zueinander gestanden und in einiger Zeit eine gemeinsame Zukunft geplant.
Doch erst musste jeder für sich seine Plichten erfüllen, denn sie hatten ja noch die bestehenden Verträge mit ihrem jeweiligen Circus. Paulino hatte jedoch schon längst Kontakt zu dem Stamm Circus Renz aufgenommen, wo seine große Liebe meistens auftrat. Er wollte dort unbedingt auch aufgenommen werden, um ihr nah zu sein. Und da er so ein großer Star war, hatte er auch bald eine Zusage. Doch davon ahnte Elisabetha noch nichts, er wollte sie überraschen.

Eines Morgens packte er seine Koffer und fuhr mit seinem Auto nach München, wo der Circus Renz gastierte. Dort hatte seine Elisabetha einen Vertrag für eine ganze Saison unterzeichnet, um dort zu jonglieren. Und Paulino hatte sich ebenfalls dort verpflichtet, aufzutreten. Aber das sollte eine Überraschung für seine große Liebe sein. Wie er dann etwa drei Stunden später vor ihr stand, konnte sie es kaum glauben. Sie nahm an, dass er sich nur mal kurz für sie Urlaub genommen hatte. Ihre Freude war grenzenlos, als sie von Paulino erfahren hat, dass er genau wie sie in dem Circus auftreten würde. Und das nicht nur kurze Zeit, sondern für länger.
Die Umarmung fiel dann auch sehr stürmisch aus. Sie beschlossen noch am nächsten Tag, sich offiziell zu verloben und in einen gemeinsamen Wohnwagen zu ziehen.

So lebten sie etwa zwei Jahre zusammen.
Und wenn sie den Circus gewechselt haben, um ein anderes Angebot anzunehmen, taten sie das immer nur gemeinsam. Sie wollten sich nicht mehr für lange Zeit trennen.
Die Sehnsucht war zu groß für beide. So beschlossen sie eines Tages, zu heiraten und auch in absehbarer Zeit eine Familie zu gründen.

Zu dieser Hochzeit waren alle aus beider Familien eingeladen und auch viele Künstler, Artisten und Freunde. Es war ein rauschendes Fest, das nicht nur bei den Brautpaar einen bleibenden Eindruck hinterlassen hat. Man schwärmte noch Wochen später von dem schönen Fest, als das Brautpaar schon längst wieder von seiner Hochzeitsreise heimgekehrt war.

Die Hochzeitsreise ging, wie sollte es auch anders sein, nach Venedig. Dort ließen sich die beiden in einer Gondel von einem Gondoliere durch die vielen Kanäle fahren. Sie hatten für ihre Umwelt keinen Blick übrig, sondern waren nur mit sich selbst beschäftigt. So wie Verliebte nun mal sind. Es wurden wunderschöne Tage, zu zweit allein zu sein. Doch diese schöne Zeit ging leider auch mal zu Ende und der Alltag holte sie bald wieder ein. Aber auch nach der Hochzeit verstanden sie sich prima. Es war eine sehr harmonische Beziehung. Es war zwar auch nicht immer eitel Sonnenschein, doch sie konnten einander nie lange böse sein.

Paulino hatte an diesen Abend gerade seine Vorstellung beendet, als ihm auf dem Weg seine Frau schon entgegen kam. Sie sagte zu ihm, dass sie noch eine Überraschung für ihn habe und er sollte gleich mitkommen. **Elisabetha** hatte vor ihrem Quartier einen Tisch festlich gedeckt, mit ganz vielen bunten Lichtern, die so aufgestellt waren, dass sie zwei miteinander verschlungene Herzen bildeten. Paulino war etwas erstaunt, dass seine Elisabetha, so eine romantische Ader zeigte.

Sie eröffnete ihm dann,nachdem sie zusammen gegessen und mit Sekt angestoßen hatten, dass sie nun bald nicht mehr auftreten könnte.

Etwas irritiert fragte er sie, ob sie denn krank wäre. Sie sagte darauf lächelelnd, das wäre die schönste Krankheit, die man als Frau haben könnte. Er aber hatte es immer noch nicht begriffen, wie Männer halt so sind. Erst als sie ihm einen Schnuller auf den Tisch legte, kam ihm die Erleuchtung. Ein Baby! Er war total aus dem Häuschen und umarmte seine Frau stürmisch. Seine Freude war riesengroß.

Von nun an trug er sie auf Händen und las ihr jeden Wunsch förmlich von den Augen ab. Und sie sollte auch nicht mehr in der Manege auftreten, weil es zu gefährlich wäre. Doch sie war ja noch ganz am Anfang ihrer Schwangerschaft und wollte sich von ihren Mann nicht in Watte packen lassen. Also trat sie auch weiterhin in der Manege auf, bis man den Zustand nicht mehr verbergen konnte. Endlich brauchte Paulino sich um seine Liebste keine Sorgen mehr zu machen, denn der Auftritt war schon sehr riskant, vor allem der Teil mit dem Feuer. Nun musste er allein für den Lebensunterhalt für beide sorgen. Doch als *Starclown* verdiente er sehr gut und seine Fans jubelten, sobald er die Manege betrat. Er hatte mit den Jahren seinen Auftritt noch sehr wesentlich verbessert.

Sie waren beide sehr glücklich miteinander.

In zwei Wochen, war der errechnete Geburtstermin. Paulino und seine Frau waren doch ein wenig unruhig, ob auch alles glatt gehen würde, es war ja ihr erstes Kind. Elisabetha musste noch einmal in die nächste Stadt zur Kontroll-Untersuchung. Paulino hatte leider keine Zeit an diesem Tag seine Frau mit dem Auto dorthin zu fahren. Er musste für seinen Auftritt am Nachmittag nochmal seine neue Nummer einüben.

Deshalb ist seine Frau auch allein dorthin gefahren. Auf der Hinfahrt ging auch alles gut, sie kam pünktlich in der Klinik an.

Der Arzt stellte fest, dass mit dem bald zu erwarteten Baby alles in Ordnung war. Danach setzte sie sich wieder in das Auto, um den Heimweg anzutreten. Dieses Mal wollte sie den schnelleren Weg, über die Autobahn nehmen. Leider kam ihr nach einiger Zeit ein Falschfahrer entgegen, und sie fand keinerlei Möglichkeit noch auszuweichen. Und dann passierte das schreckliche Unglück. Der andere Wagen und sie fuhren frontal zusammen.

Auf der Autobahn sah es danach aus wie auf einem Schlachtfeld, es waren auch noch andere Autos aufgefahren. Es gab viele Schwerverletzte und auch vier Tote. Elisabetha war auch so schwer verletzt, dass sie gleich mit dem Helikopter in die nächste Klinik gebracht wurde. Paulino erhielt die Nachricht vom Unfall seiner Frau kurz nach seinem Auftritt. Er war so entsetzt, dass er es anfänglich gar nicht fassen konnte. Er machte sich aber dann doch mit einem Taxi auf den schnellsten Weg zur Klinik, denn er war in diesem Moment nicht fähig, selbst zu fahren.

Er wusste zu diesem Zeitpunkt noch nicht wirklich, wie schwer verletzt seine Frau war. In der Klinik angekommen, musste er sich noch etwa eine Stunde gedulden, denn die Schwester sagte zu ihm, dass seine Frau noch operiert würde. Endlich trat aus der Tür zum Operationssaal ein Arzt. Der sagte mit ernster Miene zu ihm, dass es sehr schlecht um seine Frau stände und das sie das Baby leider nicht retten konnten.

Seine Frau lag seit der Operation im Koma und man wusste noch nicht, ob sie die Nacht überstehen würde. Paulino war total am Ende, doch er musste sich zusammenreißen, um bei seiner Frau am Bett zu wachen.

Als er sie so daliegen sah, den ganzen Kopf verbunden, sie hatte sich sehr schwere Kopfverletzungen bei dem Unfall zugezogen, konnte er seine Tränen nicht mehr zurückhalten.
Er wusste instinktiv, dass noch etwas Schreckliches geschehen würde.
Er wachte die kommenden Tage und Nächte am Bett seiner Frau und war selbst schon am Ende seiner Kräfte. Erst den Verlust seines Babys, und nun wachte seine Frau auch nach einer Woche nicht mehr aus dem Koma auf. Die Ärzte machten ihm auch sehr wenig Hoffnung, dass sie jemals wieder aufwachen würde. Und wenn, dann wäre sie wahrscheinlich körperlich und geistig schwerstbehindert.

Das war zu viel für Paulino, er verließ fluchtartig die Klinik, um seinen Gefühlen freien Lauf zu lassen. Er irrte ziellos in der Gegend umher und war total mit den Nerven fertig. Er hatte bisher immer noch gehofft, dass es seine Paulina schaffen würde. Doch es war kein Fünkchen Hoffnung mehr da, nach dieser niederschmetternden Nachricht. Wie sollte das Leben nur weitergehen, ohne seine geliebte Frau? Er wusste es nicht. In diesem Moment klingelte sein Handy und die Klinik rief an, er möchte bitte sofort kommen. Er schöpfte neue Hoffnung. War sie vielleicht aufgewacht und alles würde wieder gut?

Leider konnten ihm die Ärzte nur noch die niederschmetternde Nachricht sagen, dass seine Frau es leider nicht überlebt hatte. Sie war nicht mehr aus dem Koma aufgewacht und friedlich eingeschlafen. Er ging, wie in Trance, nochmal zu ihrem Bett, um sich von ihr zu verabschieden. Sie lag ganz friedlich da, ohne Maschinen und Schläuche, so als ob sie nur schlafen würde.

Er setzte sich nochmal an ihr Bett und hielt ihre inzwischen von der Krankenschwester gefalteten Hände. So saß er da noch mindestens eine Stunde, bis ihn die Krankenschwester in die Gegenwart zurück holte. Er gab seiner über alles geliebten Paulina einen allerletzten Kuss und ging hinaus, in die mittlerweile dunkle Nacht. Es war kein Stern am Firmament zu sehen, so als wenn der Himmel mit ihm trauern würde. Er nahm das alles gar nicht bewusst wahr.

Er hatte die ganze Tragweite der Tragödie noch nicht erfasst. Er fuhr nach Hause, um sich um die Formalitäten für die Beerdigung seiner Frau und des Babys zu kümmern. Er bewegte sich wie ein Roboter.

Nachdem die Beerdigung vorbei war, zog er sich sofort zurück. Es war auf einen Schlag alles anders, er hatte alles, was er liebte verloren.

Er fuhr ganz alleine in die Berge, um wieder zu sich selbst zu finden. Doch er hatte sich total verändert, er war tot-traurig, und hatte keine Lust mehr am Leben. Und seinen Beruf als

Clown musste er auch nochmal überdenken.

Im Moment war er zu nichts fähig. Er kletterte in den Bergen, um sich abzulenken. Aber irgendwann musste das Leben weitergehen, auch ohne seine Paulina und das Baby. Er fuhr wieder zurück zu seinem Circus, um seinen Job wieder aufzunehmen.
Jedoch um seine Trauer zu verarbeiten, hatte er einen denkbar schlechten Beruf schließlich musste er die Menschen bei seiner Vorstellung ja zum Lachen bringen. Er gab sich erdenkliche Mühe, sich seine Trauer bei der Vorstellung nicht anmerken zu lassen. Doch das Publikum spürte seine Veränderung und konnte nicht mehr so wie früher über seine Faxen lachen, und das brachte ihn noch mehr aus dem Konzept.

Er versuchte sich in der nächsten Zeit zusammen zu reißen.

Um ein wenig mehr in Stimmung zu kommen und seine Trauer zu verdrängen, begann er, immer vor der Vorstellung ein paar Schnäpse zu trinken. Am Anfang war das noch harmlos, doch als er während der Vorstellung zu torkeln begann und nur noch lallte, fanden das die Zuschauer und der Circusdirektor nicht mehr so lustig. Er wurde während der Vorstellung vom Publikum ausgebuht.

Er bekam dann auch von seinem Chef eine Abmahnung. Wenn er das mit dem Alkohol nicht lassen würde, müsste er gehen. Leider war er schon so davon abhängig, dass er das Versprechen nicht lange halten konnte. So verlor er nach einiger Zeit auch noch seine Arbeit. Da war es endgültig um seine Fassung geschehen und er wurde Alkoholiker. Weil er aber keine Arbeit, kein Geld und keine Wohnung mehr besaß, lebte er bald auf der Straße. Zu seinen Eltern und Verwandten wollte er nicht gehen, er hatte ja die Familienehre und die der Artisten beschmutzt, und dafür schämte er sich. Weiter kann ein Mensch nicht sinken. Und somit endet die Tragödie von einem Clown über den jetzt keiner mehr lachte.

Taxi-Albträume

5. Kurzgeschichte

Wir sind kürzlich umgezogen und haben uns gerade mal ein bisschen in dem neuen Zuhause eingelebt. Das heißt, bei meinem Mann war das so, ich brauchte noch ein Weilchen dazu. Es ist mittlerweile ein Viertel-jahr vergangen und Winter. Und bei mit stellt sich wahnwitziger Weise die berühmte Langeweile ein. Obwohl ich schon noch genug zu tun habe, wir sind noch in der Umbauphase des erworbenen Hauses. Und das kann dauern...

Ich kann es dennoch einfach nicht lassen, mir noch mehr Arbeit aufzuhalsen.

Und so nahm das Schicksal seinen Lauf.
Ich hatte natürlich gleich das Taxi- Unternehmen in der nächsten Querstraße entdeckt. In meinem vorherigen Wohnort hatte ich schon mal dafür ein wenig geübt, nachdem ich den PBS-Schein gemacht hatte. Ich wusste schon, was da auf mich zukommen würde an Herausforderungen. Ich hatte da schon manchmal das Gefühl, im falschen Film zu sein. Soo gerne fahr ich nun auch wieder nicht Auto, wie alle glauben!

„Mein allererster Versuch"
Und das erste Taxiunternehmen!

Ich hatte mich auf die in der Zeitung geschaltete Stellenanzeige beworben.
Nach drei Tagen wurde ich schon eingestellt.

Und so nahm das Schicksal seinen Lauf.
Impulsiv und neugierig, wie ich nun mal beschaffen bin, ging ich mit vollem Elan ans Werk.
Der erste Tag, na ja, war sehr aufregend, jedoch ohne größere Probleme.
„Außer vielleicht, dass ich null Ahnung hatte!"

112

Ich wusste eigentlich nur, wo sich in der Nähe die Krankenhäuser befinden. Somit war ich der festen Meinung, *das würde vollkommen ausreichen.* Nee, da war ich völlig auf dem Holzweg. Die erste Fahrt ging früh am Morgen zur Dialyse in die nächste Kreisstadt. Zum Glück wusste ich gerade noch, wo die sich befand.

Ja, ich konnte aber nicht ohne Patienten dahin fahren. Das war das große Problem, ich sollte wie es so üblich ist, die Fahrgäste zu Hause abholen. Ich hatte keinerlei Ahnung, wie ich zu der angegebenen Adresse im übernächsten Ort komme. Zum Glück, war ich da schon mal durchgefahren. Das war aber auch schon alles, ich stand in der Mitte des Ortes und war völlig ratlos. Ohne das von allen, so geliebte, berühmt-berüchtigte Navigationsgerät.

Ich hatte wie ich nun mal so bin, wieder nicht richtig zugehört, was die Kollegin in der Zentrale mir gesagt hatte. Zettel und Kugelschreiber wären hier nicht schlecht gewesen. Die Straße hatte ich mir gemerkt, die Wegbeschreibung nicht.
Da kam geradewegs eine etwas ältere Omi des Weges, die mit Sicherheit an Schlafstörungen litt. Was machte sie sonst schon zu so nacht-schlafener Zeit auf der Straße ?

Da war meine allerletzte Chance, die musste sogleich genutzt werden. Also ran ans Werk und die Autoscheibe herunter gedreht, bevor die Omi wieder aus meinem Blickfeld verschwindet. Konnte nicht wissen, wie flott sie noch ist. Die Frage nach der besagten Straße wurde gestellt. Der Gesichtsausdruck der Frau versprach nichts Gutes.
Sie hatte keine Ahnung, wo sich diese besagte Straße befindet. Sie war erst vor kurzem hierher gezogen.
Pech gehabt, denn morgens um sechs Uhr dreißig befand sich kein Mensch sonst auf der Straße, irgendwie schliefen die alle noch.

Es blieb mir nichts anderes übrig, als noch mal meine Kollegin anzurufen.

Die war auch ganz nett und erklärte mir alles noch einmal.

Sie meinte, das wären Anfangsschwierigkeiten, die ein jeder Neue Fahrer durchlaufen würde.

Wenn die wüsste...

Stellt euch vor, ich habe mit einer Viertelstunde Verspätung das Haus gefunden und an der Tür geklingelt. Der Mann, der mir plötzlich wegen der Verspätung sehr ungehalten gegenüber stand, wollte gerade ausholen, mich auszuschimpfen. Ich war aber viel schneller. Meine Entschuldigung folgte sogleich." Ist mein erster Tag heute war meine Entschuldigung" das hat ihn erstmal völlig aus dem Konzept gebracht, er hat nur noch gesagt.

" Dauernd neue Fahrer, nicht zum Aushalten!"

Wir fuhren endlich los, nachdem ich etwas holprig und unsicher auf der engen Dorfstraße gewendet hatte. Erst war er sehr schweigsam, die Neugier gewann jedoch die Überhand. Ich wurde ausgefragt. Woher ich stamme und weshalb ich Taxi fahre . Gute Frage, das wusste ich selbst noch nicht so genau, die Stelle war halt frei gewesen.

Es wurde mir auch gleich ein Vortrag gehalten.

„ Ist viel zu gefährlich für Frauen, Taxi zu fahren."
<<<Was da alles passieren kann.>>>

Na, wenn ich immer so griesgrämige Leute fahren muss, bestimmt, dachte ich in dem Augenblick. Er hatte das, wie ich auch wusste, jedoch anders gemeint. Da wollte ich im Moment nicht drüber nachdenken, ich hatte andere Sorgen.

Man glaubt es kaum, wir sind wohlbehalten dort angekommen. Neugierig wurde ich von den Krankenschwestern und anderen Patienten und Taxifahrern gemustert. Ich war die Neue, da musste ich durch.

Ich erhob meine Stimme und sagte: „ich bin Frau....."

Das Eis bröckelte langsam, und plötzlich war ich nicht mehr so interessant, zumindest für den Moment. Das Telefon, unsere Verbindung mit der Zentrale, klingelte. Mir standen ganz plötzlich die Schweißperlen auf der Stirn. Warum schon wieder. Es war wieder diese nette Stimme und die schickte mich ins Krankenhaus um die Ecke, um dort eine Dame da abzuholen.

Da angekommen, rein in den Fahrstuhl, bevor ich die Station und den Namen, der besagten Dame wieder verschwitzt habe, vor lauter Lampenfieber.

Ich konnte es selbst kaum fassen, ich habe das Zimmer gleich gefunden. Sogleich folgte mein eingeübter Spruch.

„Bin die Taxifahrerin Frau X und ich möchte sie abholen."

Ich hatte kaum den Satz beendet, da kam die Antwort auf meine nicht gestellte Frage. „Sie sind viel zu früh dran, meine Papiere vom Arzt sind noch nicht fertig."

Ich stellte mir die Frage, was mache ich dann schon hier?

Nach weiteren zehn wertvollen Minuten kam endlich die Krankenschwester mit den Papieren. Es sollte losgehen, ich stand mittlerweile schon auf heißen Kohlen. Ich schnappte mir ihren Koffer. „Mein Gott, was ist denn da drin?" fragte ich die Dame, *„ etwa Steine oder Goldbarren ? "*

Sie sagte; „Ich bin seit vier Wochen hier und habe keine Angehörigen, die mir frische Wäsche bringen konnten." Gut, akzeptiert, und ich griff wieder nach dem schweren Koffer, dem Fahrschein und dem Kosmetik-köfferchen. Hatte absolut keine Hand mehr frei, um an das wieder mal plärrende Handy zu gehen. Ich stellte alles wieder ab, nahm das Gespräch entgegen und den neuen Auftrag, vergaß aber nicht zu sagen, dass ich jetzt in diesem Moment erst zum Fahrstuhl gehe, um mit der Dame die Heimreise anzutreten.

Am anderen Ende der Leitung;

Ja, dann ist es zu spät!
„Und der Auftrag war futsch"

So langsam machte sich der erste Frust in mir breit, kein Auftrag, kein Geld.

Wenn ich gewusst hätte, was der Tag mir noch an Unannehmlichkeiten bringen würde, hätte ich diese Sache ganz schnell abgehakt und wäre ganz schnell zu meinem Mann, an den heimatlichen Herd zurückgekehrt und hätte Suppe gekocht....

Ich setzte mich, nachdem ich die ganzen Sachen und die Frau im Auto verstaut hatte, in Bewegung. Ich wollte es zumindest. Das Taxi war inzwischen von vorn und von hinten zugeparkt. Der nächste Schweißausbruch, Herzrasen und feuchte Hände. Abheben konnte ich leider nicht, ich musste irgendwie versuchen, da heil und ohne Beulen am Auto zu verursachen raus zu kommen.

„Zusammenreißen" war nun angesagt und sich bloß nichts anmerken lassen.

„ Keinen Anflug von Schwäche zeigen!"

Stückchen vor, wieder Stückchen zurück und man glaubt es kaum, nach gefühlten zehn Minuten hatte ich es geschafft. Ich war total stolz auf mich und setzte mich endlich in Bewegung. Es war alles still, bis auf die alte Dame, die mir ihre ganze Krankengeschichte erzählte, die äußerst dramatisch klang. Ich nahm Anteil, ich bin ja nicht herzlos veranlagt, und sie war auch sehr nett zu mir. Ziel erreicht, Dame ausgeladen und das Gepäck auch. Die schweren Sachen in den zweiten Stock des Hauses getragen, ohne Fahrstuhl, versteht sich. Ich, nett wie ich nun mal bin, verabschiedete mich ordnungsgemäß mit dem Satz:

„Einen schönen Tag noch und gute Besserung. "

Es folgte ein freundliches Danke und ich war fertig. Fix und fertig, völlig aus der Puste und hätte am liebsten schon alles

hingeschmissen.
Doch mein Kampfgeist spielte da nicht mit.

Plötzlich kein Anruf mehr; ich schüttelte mein Handy, da ich dachte, es hätte den Geist aufgegeben.
Nein, es war einfach nur still, eine himmlische Ruhe kehrte ein.
In meinem Zuhause angekommen, war eine Generalüberholung meinerseits dringend nötig.
Ich schlich mich ins Bad, zerrte mir die inzwischen vom Schweiß durchdrängte Bluse vom Körper, nahm eine gründliche Säuberung meines Körpers vor, benutzte das Deo, das die längste Wirksamkeit versprach, um danach wie neugeboren aus dem Bad zu gehen.
Mein Mann, der mich und meinen Gesichtsausdruck schon sehr genau kannte, sagte erst mal gar nichts zu mir. War auch besser so...

Ich machte, wie ich halt so bin, meinem Herzen auch gleich Luft;
„ **Das ist bestimmt nicht mein Traumjob, den ich bis zur Rente ausübe.**"
Es kam leider alles ganz anders, nur das ahnte ich in diesem Augenblick noch nicht.
Der Mittag war da, ich hatte mich zu Haus gründlich mit einem zweiten Frühstück gestärkt.

Es folgte der nächste Auftrag, wieder in die Dialyse zu fahren um Patienten abzuholen. Die Kollegin am Telefon meinte, das sei nicht so schwer, die wissen ja alle, wo sie wohnen. Gut, ich war beruhigt und das einsetzende Herzklopfen verlangsamte sich.
Da angekommen, musste ich zuerst mal auf die Suche nach den drei Herren gehen, die ich mitnehmen sollte. Ich hatte keine Ahnung, wer sie waren. Nur die Namen hatte ich gesagt be-

kommen. Ich begab mich auf die Suche, stocke plötzlich, vor der Tür zur Station, wo seitlich ein Schild angebracht war.
„ Bitte klingeln!" Ja das tat ich auch, doch es passierte nichts. Niemand ließ sich von den Krankenschwestern blicken. Es war Mittag und sie hatten alle Hände voll mit den vielen Patienten zu tun. Die wollten alle, wenn möglich gleichzeitig von der Maschine, die die Blutwäsche vornahm, befreit werden.
Nach gewöhnlich vier oder auch fünf Stunden wollten sie verständlicherweise nur noch nach Hause. Das war, wie ich später nach ein paar Tagen heraus fand, Stress pur für das Personal.

Nachdem ich endlich eine gestresste aber nette Pflegerin gefunden hatte, bekam ich auf die Frage nach dem ersten Fahrgast die Antwort, das dauert noch eine Viertelstunde. Mutig geworden, erkundigte ich mich auch gleich mal nach den zwei Anderen. Die liegen drüben, auf dem anderen Gang. Und schon fing alles wieder von vorne an. Ich suchte auf der anderen Station.
Wurde da gebührend vom gestressten Personal empfangen, ohne das ich die erste Frage stellen konnte. *Hätte doch vorher klingeln sollen, wäre besser gewesen.* Ja, was wünschen sie? kam die etwas unwirsche Frage.
Ich bin sonst bestimmt nicht auf den Mund gefallen.
Leicht stotternd kam meine Frage nach den besagten Personen.
Die Antwort; Die sind schon seid zehn Minuten fertig und warten, das man sie endlich abholt.
Ich war danach genau so schlau wie zuvor. Auf dem angrenzenden Klinikflur standen drei Stühle und, was für ein Glück, auch drei darauf sitzende Patienten. Eine Frau und zwei Männer.
Die Frau schied schon mal aus. Ich sollte nur Männer fahren. Mutig kam meine Frage. Sind sie die Herren mit den Namen....?
Die Antwort war „Ja !"

Plötzlich und völlig unerwartet klingelte das Telefon das ging mir schon nach den paar Stunden auf die Nerven. Es folgte der erste Anpfiff, an diesem ereignisreichen Tag. Eine nicht so nette Stimme, die nicht zu meiner Kollegin gehörte, fragte unwirsch, warum sind sie noch nicht losgefahren wäre.
Die etwas genervte Antwort von mir folgte sogleich:
„Ja soll ich etwa ohne den Herrn X losfahren? Der ist noch nicht fertig!"
Ein besonders netter Kollege hatte ihr geflüstert, dass ich immer noch in der Dialyse bin. Er hatte mitbekommen, dass ich nach den Patienten gefragt hatte.
Ich hätte es besonders nett von ihm gefunden, wenn er sich als Kollege zu erkennen gegeben und vorgestellt hätte.
Ein bisschen Hilfestellung wäre hier bestimmt auch nicht schlecht gewesen.
Bei solchen Sachen kann ich sehr nachtragend sein....
Später, nach ein paar Wochen, habe ich mich mal gründlich mit ihm ausgesprochen. Wir sind zwar nie die besten Freunde geworden, doch er war danach auch nett zu mir.

Zu guter Letzt fuhr ich zum Standort des Taxiunternehmens, ich musste auch noch das Auto mit Gas betanken. Sie hatten eine eigene Zapfsäule auf dem Gelände stehen.
Null Ahnung, wie ich das nun wieder bewerkstelligen sollte.
Die Rettung, ein Bekannter aus dem Ort, der auch da beschäftigt war, half mir ganz selbstverständlich.
Er zeigte und erklärte mir, wie man das macht.

Sah auch ganz einfach aus, nur in der späteren Praxis stellte sich das als ziemlich schwierig heraus und hatte seine Tücken.
Zum Glück ging auch dieser erste Tag mal zu Ende. Und da ich ziemlich ehrgeizig bin, habe ich auch durchgehalten, bis zum selbst gewählten Ende.
Nun sind wir weggezogen in eine andere Stadt...

Der nächste Versuch

„Der zweite Streich, der folgt sogleich!"

Wie am Anfang schon erwähnt, hatte ich schon mal mehr als nur einen Blick auf das hiesige Taxiunternehmen in meinem jetzigen Wohnort geworfen.
Ich war interessiert.
Bei meiner nächsten Fahrt in die Stadt hatte ich Glück und die Unternehmerin stand draußen und unterhielt sich mit einem Fahrer. Ich verlangsamte meine Fahrt und hielt am gegenüber liegenden Straßenrand an. Der Fahrer war inzwischen wieder weggefahren, was mir ganz gelegen kam.
Ich stieg aus meinem Auto aus und setze mich langsam in Bewegung.

Ich war unterdessen bei der Dame angelangt.
Mutig stellte ich mich vor und unterbreitete ihr meine Frage, ob sie noch Fahrer/in einstellt. Ich vergaß nicht zu erwähnen, dass ich den PBS- Schein bereits besitze.
Etwas zögernd, aber freundlich kam die Antwort, grundsätzlich schon, doch ich habe gerade vor ein paar Tagen einen Kollegen eingestellt.

Ja, da war ich wohl etwas zu spät dran, Pech gehabt...
Sie sagte noch, nachdem ich mich verabschiedet hatte, zu mir;

Wenn sich in der nächsten Zeit was ergibt, sage ich ihnen Bescheid. Ich gab ihr schnell noch meine Telefonnummer.

Nach drei Wochen, ich hatte eigentlich den Plan wieder zu arbeiten, schon aufgegeben, hielt sie mich auf der Fahrt zum Einkaufen an. Sie sagte zu mir sehr freundlich, dass ich mich am darauffolgenden Tag mal vorstellen sollte. Ich war freudig überrascht, damit hatte ich nicht mehr gerechnet.

Nach dem Einkaufen machte ich mich ans Werk, um ein Anschreiben und einen Lebenslauf auf meinem Computer zu verfassen.

Vorher jedoch habe ich die freudige Nachricht meinem Mann berichtet. Der fragte jedoch etwas zögernd : „Willst du dir das wirklich nochmal antun?" Na klar, war meine überzeugende Antwort. Es hatte mir nach den anfänglichen Schwierigkeiten bei dem ersten Unternehmen gut gefallen. Sie waren auch alle sehr nett zu mir...

Bis auf die Leerzeiten der Bereitschaft, die konnte ich von Anfang an nicht ausstehen, weil ich so ein ungeduldiger Mensch bin.

Mein Mann meinte dann, du musst selbst wissen, was du machst. Er wusste ja, dass er mich von einem einmal gefassten Entschluss nicht abbringen konnte, er kannte mich schon fast vierzig lange Jahre.

Ich wurde wieder mal eingestellt und war der festen Überzeugung, dass ich durch die Fahrpraxis bei dem vorigen Unternehmen schon alles wüsste, was man wissen muss.

„Das war die größte Täuschung meines Lebens, ich hatte mich diesmal total überschätzt!"

Das Autofahren war unbedingt nicht das Problem, sondern die weitgehend unbekannte Gegend. Das war die bisher größte Herausforderung meines Lebens. In dem anderen Wohnort hatte ich siebenundzwanzig Jahre gewohnt und kannte mich in den Straßen des Wohnortes schon ganz gut aus. Nur in den umliegenden Gemeinden hatte ich noch ab und an Probleme, die

Straßen zu finden. Doch auch das bekam ich mit der Zeit in den Griff, wenn ich mich auch manchmal verfahren habe. Letztendlich habe ich bisher alle meine Fahrgäste gefunden und zu ihrem gewünschten Ziel gebracht, und das zählt....

Ich konnte schon am nächsten Tag anfangen und bekam erst mal einen etwas älteren Mercedes zugeteilt, reine Vorsichtsmaßnahme meiner neuen Arbeitgeber.
Ich war trotzdem happy. Man erklärte mir, wie ich damit umgehen konnte. Das Auto hatte nicht so eine Handbremse in der Mitte der Konsole, wie ich es kannte, sondern eine, die man mit einem Hebel links unterhalb des Armaturenbrettes lösen oder feststellen konnte. Die Chefin sagte mir, das wäre etwas gewöhnungsbedürftig. Das war stark untertrieben, wie ich nach dem ersten Anfahren an einem sehr steilen Berg feststellte. Und hier gab es fast nur steile Straßen. Nur die Straße zur eigentlichen Innenstadt war nur eben.
Pech gehabt, da musste ich durch. Ich hatte den netten Fahrgast gut und sicher den Berg hinauf gefahren und angehalten.

Den Hebel der Handbremse heruntergedrückt und schon war das Auto gesichert. Der Fahrgast übergab mir das Geld für die Fahrt, ich stieg aus und überreichte ihm seine Tasche, die sich im Kofferraum befand, sagte artig „ schönen Tag noch und tschüss" und stieg wieder ein.
Normalerweise kommt man ja einen Berg auch wieder runter, den man hochgefahren ist, manchmal schneller als man will,
denkste..
Ich musste erst mal den Berg hochfahren, um bei nächster Gelegenheit zu wenden. Ich legte den ersten Gang ein, gab etwas Gas, löste die Bremse, und schon rollte das Auto nach hinten, was nicht meine Absicht war.
Auto wieder in die vorherige Grundstellung zurück und erneut einen Versuch gewagt. Auto abgewürgt. Das wiederholte sich

noch ein paarmal, so dass ich schon gedacht habe, ich müsste hier am Berg übernachten.

Jetzt endlich hatte ich auch den Satz der Chefin verstanden, der da lautete...

"Die Handbremse ist etwas gewöhnungsbedürftig!"

Leicht untertrieben..

Endlich, ich bekam schon eine leichte Krise, erwachte mein ausgeprägter Kampfgeist. Letzter Versuch, das Auto doch noch dazu zu bringen, auf mein Kommando zu hören. Ich hatte schon lautstark geflucht, obwohl das ein feines Mädchen nicht macht. Egal, ich bin auch kein Mädchen mehr, sondern in einem schon schon etwas „greisenhaften Alter". So bezeichnen die noch jungen Leute unsere Altersklasse. Ich fühle mich keineswegs so, sondern kann noch ganz gut mit manch Jüngerem mithalten. Erstmal musste ich allerdings das Auto den Berg hinauf bekommen.

Alles nochmal auf Anfang. Nur diesmal hatte ich endlich den Dreh raus und die richtige Kombination zwischen Kupplung, Gas und Handbremse lösen gefunden. Ich habe mich dann aber ganz schnell vom Acker gemacht, es war schon ziemlich peinlich..

Wie es heute bei fast allen Taxiunternehmen an der Tagesordnung ist, werden die Aufträge per Handy vergeben.

Es folgte die zweite Fahrt. Ich schicke ein Stoßgebet zum Himmel: Bitte nicht schon wieder auf den Berg!

Ich wurde erhört und durfte eine Dame in die nächste Stadt fahren. Die nette Stimme meiner Chefin erklärte mir ausführlich, wie ich zu der Straße kommen konnte. Sie hatte den Bogen raus und konnte sehr gut erklären. Die Straße habe ich auch, welch ein Wunder, gleich gefunden, nur diese verflixte Hausnummer war nicht aufzufinden. Ich bin die Straße rauf und wieder runter gefahren, das Haus war wie von der Bildfläche verschwunden.

Das gib`s doch nicht, war es vielleicht über Nacht abgerissen worden ? Nur dann hätte es ja in der Straße eine Lücke geben müssen, die war aber nicht da..

O peinlich, ich musste nochmal bei der Chefin anrufen, um mir erklären zu lassen, wie ich das besagte Haus finden konnte. Geduldig und mit netter Stimme erklärte sie mir nochmal den Weg dahin und noch dazu, wie das Haus aussieht.

Ich schaute nach rechts und stand direkt daneben. Die Hausnummer war hinter einem Busch versteckt, total blöd, wie ich fand. Diesmal war ich allerdings unschuldig.

Obwohl ich einen sehr schlechten Orientierungssinn habe,

was beim Taxifahren nicht besonders hilfreich ist.

Das machte sich auch schon bei der nächsten Taxifahrt bemerkbar. Ich hatte die Dame am Einkaufsmarkt abgeholt, der war mir zum Glück bekannt. Sie war sehr nett und erklärte mir, wie ich zu fahren hatte, wir kamen unbeschadet dort an. Ich kassierte, verabschiedete mich freundlich und wollte wieder zum Standort zurück fahren.

Ich hatte mir jedoch nicht gemerkt, wie ich den Weg wieder zurück finde. Ja, egal ich fuhr los. Nächste Gasse „ *Sackgasse.* "

Ich wendete und bog in die übernächste Straße ein. Da stand ich plötzlich vor der Kirche.

Langsam war meine Geduld zu Ende und ich fragte die Frau, die gerade des Weges kam, wie ich hier wieder raus komme um

den Weg nach Haus zu finden. Sie gab mir bereitwillig Auskunft.

„Das ist ja hier schlimmer als im Irrgarten"! war mein nächster Gedanke."

Ich war wieder zu Hause angelangt, mit Hilfe der netten Dame.

Und wieder war ich schon am ersten Tag fix und fertig mit der Welt. Ich hätte schon wieder alles hinschmeißen können, doch ich tat es nicht und biss die Zähne zusammen...
Und dabei war der Tag, noch nicht zu Ende, es war noch nicht mal Mittag. Und die Genugtuung gönnte ich meinem Mann nicht, den Spruch zu sagen.
„Das hätte ich dir gleich sagen können."
Und außerdem fährt er selbst ungern Auto, wenn er sich nicht auskennt. Nur sein Orientierungssinn ist eindeutig besser ausgeprägt, aber das werde ich nie und nimmer zugeben.

<<<Großes Indianerehrenwort>>>

So ging die Irrfahrt weiter, wieder in die Kreisstadt zur Dialyse, einen Herrn und eine Dame abholen. Unterwegs begegnete ich dem Chef, der auch Taxi fuhr, und einigen Kollegen/innen. Die winkten mir alle freundlich zu oder betätigten die Lichthupe. Das fand ich sehr nett und meine Stimmung hob sich zusehends.

Die zwei Patienten saßen schon auf den Stühlen im Flur. Es konnte also gleich losgehen.
Mein Auto war immer noch schön mollig warm, wie ich es gern hatte.
Der männliche Fahrgast mochte das leider überhaupt nicht.
„Stellen sie bitte die Heizung sofort etwas runter, ich schwitze sehr schnell und dann wird mir schlecht.

„Ich machte, was der Fahrgast wollte, stellte die Heizung ein paar Grat herunter und die Belüftung an. Da meldete sich die vorn sitzende Dame zu Wort: „Es wird zu kalt." Die Krönung folgte und der Kunde drehte hinten die Seitenscheibe bis zur Hälfte herunter. Es zog mächtig.
Nach einem Kilometer ergriff ich das Wort und sagte:" Bitte

machen sie das Fenster wieder zu, Durchzug kann ich nicht vertragen." Er tat , was ich von ihm verlangte, sein Blick, den ich im Rückspiegel sah, versprach nichts Gutes.

Da war ich voll ins Fettnäpfchen getreten, doch das Fenster blieb zu. Ich hatte auch schon einen ziemlich kalten Nacken bekommen.

Auch dieser Tag nahm mal ein Ende. Und nachdem ich das Taxi betankt und gesäubert hatte, konnte ich in den wohlverdienten Feierabend gehen.

Und wer nun der Meinung ist, ich hätte schon nach diesem ersten Tag das Handtuch geworfen, den muss ich leider enttäuschen.

Bis zu diesem Tag, habe ich insgesamt 1455 Tage durchgehalten. Und vielleicht werden noch etliche folgen, wer weiß das schon? Es gab durchaus auch sehr schöne Zeiten und Erlebnisse, und die werden in meinem Gedächtnis haften bleiben. Auch wenn ich nicht die ganzen, oben aufgeführten Tage Taxi gefahren bin, da ist die Freizeit natürlich mit inbegriffen.

„Das Eine, weiß ich jedoch ganz genau!"

Im nächsten Leben fahre ich kein Taxi, es sei denn es findet den Weg von ganz allein.

Und an all die Taxifahrer/innen, denen es ebenso ergangen ist:

<<<Kopf hoch und nach vorn schauen.>>>

Kurzgeschichten die noch geplant sind

Das total verflixte Navi
„Des Menschen Freund und Feind"

Das Mädchen, das ein Junge werden sollte
„Meine Biografie"

Der Elch-Elk

„Eine kleine abenteuerliche Reise nach Norwegen"

Mein erstes Buch

Eine Libelle flog über den großen Teich

Ist erschienen im September 2010

Und ist im Handel erhältlich

ISBN- 9783842324879

Verlag: Books on Demand